目次

山《やま》本《もと》咲《さく》耶《や》

荒山神社《あらやまじんじゃ》の神主《かんぬし》・山本宗高の一つ年上の姉さん女房。夫には秘密にしているが、実は式神遣《しきがみつか》い。また、京で代々続く陰陽師《おんみょうじ》の家に生まれたため、あやかしの姿が見え、言葉も聞こえる。面倒ばかりを引き受けてくるが心優しくまっすぐな夫にぞっこん。

山《やま》本《もと》宗《むね》高《たか》

咲耶の夫。イケメンだが異常に涙もろい。氏子《うじこ》や口さがない町屋の衆《しゅう》には「ぼんくら神主」と評され、実際のところうっかりしているが、それを気にするふうもなく他人の世話にいそしむ。不可思議《ふかしぎ》な現象が大好きなのだが、あやかしの類《たぐい》にはとんと鈍感。

ミヤ

荒山神社敷地内にある長屋の住人。居酒屋《マスや》の看板娘として働いているが、実は妖怪・化《ば》け猫《ねこ》。弟の三吉とともに暮らす。

三吉《さんきち》

ミヤの弟（として、一緒に暮らす妖怪・三《み》つ目《め》小僧《こぞう》）。見た目は十歳そこそこ。手習い所に通いながら代書屋《だいしょや》で働き、小遣いを稼《かせ》ぐ。

山本キヨノ

宗高の母。勝手にずかずか家に入ってくるや、咲耶のあら探しをして厳しい小言をいう。

一条豊菊《いちじょうとよぎく》

咲耶の実母。陰陽師としての力に秀《ひい》で、京から娘夫婦宅へリモート出現してくる。

山本宗元《むねもと》

宗高の父、先代の神主。あそこは代々のぼんくら神主一家、と悪く噂《うわさ》される元凶《げんきょう》。

蔦《つた》の葉《は》

咲耶の祖母。実は人間ではなく、元は山に棲《す》む白狐《びゃっこ》であり、神に近い存在だった。

一条安晴《やすはる》

咲耶の祖父。陰陽師の家柄を捨て、蔦の葉と結婚。咲耶に荒山神社を紹介した。

第一話 ∴ 踊る猫又

◇◆◇◆

初日が白々《しらじら》と荒山《あらやま》神社に差し込むや、神主《かんぬし》の女房である咲耶《さくや》は湯気をたてる雑煮《ぞうに》を座敷に運んだ。

師走《しわす》（十二月）の江戸は大雪が降《ふ》り、みな雪かきに追われた。

雪の重みで、あちこちの長屋の塀《へい》が倒れ、屋根が落ちた。瓦《かわら》屋根が割れた仕舞屋《しもたや》や、銘木《めいぼく》が根元から折れたという大名家もあった。

誰だって正月は暖かいところでぬくぬく過ごしたい。自《おの》ずと修理の職人を取り合うことになり、大晦日《おおみそか》の晩まで職人たちは町を走りまわっていた。

荒山神社ではシャラノキの枝が折れたが、被害がそのくらいで済んだのは幸《さいわ》いだった。

日の出前にようやく雪があがり、お天道《てんと》さまが数日ぶりに顔を出した。降り積もった雪に陽光が反射し、きらきらと光が舞う元旦《がんたん》になった。

すでに床の間《とこのま》の前に舅《しゅうと》の宗元《むねもと》が座り、その横には姑《しゅうとめ》のキヨノ、向かい側には咲耶の夫の宗高《むねたか》が姿勢を正していた。

宗元と宗高は正装の狩衣《かりぎぬ》を着用し、キヨノは藍《あい》の紬《つむぎ》の袷《あわせ》の小袖とめかしこんでいる。咲耶は、それぞれの前に御膳をおき終えると宗高の隣に座った。白絹の小袖に緋色《ひいろ》の袴姿がよく似合っている。

荒山神社は東照大権現《とうしょうだいごんげん》さまこと徳川家康《とくがわいえやす》公が江戸に移られたときに、日本《にほん》橋《ばし》・横山町《よこやまちょう》に開かれた、小さいながらも由緒《ゆいしょ》ある神社で、咲耶はその神主をつとめる宗高の新妻である。

舅の宗元は一礼してから口を開いた。

「新年を寿《ことほ》ぎ、荒山神社のご清福《せいふく》をお喜び申し上げまする。ご祭神の御神慮と御加護に感謝し、良き新年でありますようにつとめてまいりましょう」

荒山神社の最年長・宗元は格式ばったことが大の苦手で、普段は挨拶《あいさつ》など御免《ごめん》被《こうむ》ると逃げまくるのだが、正月の挨拶はそうもいかない。気が乗らなそうなのを隠そうともせず、なんとかつつがなくこなした。

座敷の床の間には、松竹梅《しょうちくばい》が描かれた掛け軸《かじく》がかけられ、万年青《おもと》が清々《すがすが》しく活《い》けられている。

順番に屠蘇《とそ》を飲んでから、箸《はし》をとった。

御膳には煮染《にし》めや昆布《こぶ》巻き、黒豆、きんとんなどのおせち料理がぎっしりと並んでいた。

「ん、うまいな」

雑煮をすすった夫の宗高がつぶやき、隣に座る咲耶を見て微笑《ほほえ》みかける。

細面《ほそおもて》で鼻筋が通り、切れ長で黒目がちの宗高の目元から優しさがこぼれる。どこか少年のような面差《おもざ》しを残す宗高のこの笑顔に、咲耶は滅法《めっぽう》弱かった。

うまいという宗高のこのひとことを聞くために、せっせとおせち料理を作ったのだ。

そのとき、昆布巻きを口にした舅の宗元が、うむと眉《まゆ》をあげた。

「去年までの昆布巻きとは比べものにならん」

雑煮椀《わん》を持った姑のキヨノの動きが止まった。

「……はて、昆布を変えたか、キヨノ」

キヨノは細めた目で宗元をちらと見、あごをくいっとあげた。

「ではございません」

というキヨノの声など聞こえなかったような顔で、宗元は咲耶に話しかける。

「作ったのは咲耶か。まことにいい塩梅《あんばい》だ。咲耶は江戸に来て何年になったかの？」

「四年になります」

無責任男を絵に描いたような宗元であるが、感心させられるのはこんなときだ。キヨノの虎の尾を踏もうが、臆《おく》するそぶりを見せない。平気の平左《へいざ》で、けろりとしている。

「すっかり、江戸の味にも慣れたな」

キヨノが箸をおき、宗元の声をさえぎった。

「いくらなんでも、こんなに時がかかるとは思いませなんだ。……あのころは何を作らせても甘くて甘くて……でも、まだまだです。咲耶が作ったこの黒豆、シワがよってるもの」

「シワ？」

「シワなんかあるか？」

怪訝《けげん》な顔でつぶやいた宗高と宗元親子を、キヨノは冷たい目でにらんだ。

「これだから殿方は。もっとふっくらとしていなければ、とても黒豆とは呼べません」

咲耶も黒豆を口にする。ふっくらしていて皮まで柔らかい。口に含むと、すっきりとした上品な甘みが広がり、やがて豆本来の風味で満たされる。

豆はほぼ一日かけて水で戻した。濃い黒色に仕上げるために鉄鍋でゆっくり下ゆでをし、二日間にまたがって黄ザラメで作った甘い汁で煮ては冷《さ》まし、また煮ては冷ますこと四回。味をしっかりと染みこませた。

シワのよった固い豆などひとつもない。味も極上だ。その証拠に、文句をつけたキヨノ本人の箸も止まらない。

キヨノは、嫁《よめ》の咲耶をどうにかしてへこませてやろうと、いつも虎視眈々《こしたんたん》と狙《ねら》っている。黒豆への難癖《なんくせ》は、今年も覚悟しろという宣戦布告なのだろうか。

ただ百歩譲《ゆず》れば、キヨノのいうことに一理ないわけでもなかった。

咲耶は京の都の陰陽師《おんみようじ》一族の一条《いちじよう》家の娘で、生まれも育ちも京だった。

江戸に来たときに何が驚いたって、醬油《しようゆ》で真っ黒に染まった煮物やうどん汁で、何を食べても醬油の匂いが鼻につき、食が進まなかった。

というわけで、当初、咲耶はたびたび京風の薄味のおかずを作ったのだが、結果はさんざんだった。

「甘い」「味がしない」「ご飯が進まない」「こんなのおかずじゃない」とこき下

ろされ、『所変われば品変わる』のだと思い知らされた。

味だけではなく、江戸と京では風習も違う。

大晦日に行なう豆まきもそのひとつだ。

京では、豆まきの日、鰯《いわし》の生臭《なまぐさ》さと柊《ひいらぎ》のトゲで鬼を撃退するために、柊に鰯の頭を刺《さ》した『やいかがし』をどの家も入り口に飾る。京なら子どもでも知っていることだ。

ところが江戸では日が迫《せま》っても、花売りは柊を売りに来なかった。仕方なく、近所の庭の柊の枝をもらい、やいかがしを作って、ぶら下げたのだが……。それを見たキヨノはこめかみに青筋を立てて大声で怒鳴《どな》った。

「何これ、気持ち悪い。え、これで鬼が逃げていく？　はじめて聞いた。生ぐさ――っ、鬼が逃げる前に、こっちが逃げたくなるわ。外して。早く！」

やいかがし、おまえもかと、咲耶ががっかりしたのはいうまでもない。

しかし、慣れとはありがたいもので、江戸前のおかずを食べ続けているうちに、だんだん味がわかってきた。さまざまな行事も江戸では京ほど決まりがやかましくなく、その点は何よりだと思えるようになった。

住めば都とは、このことであろう。

「若水《わかみず》の福茶の用意はできている？　こっちは寒さがこたえる年ですから、社務所に顔を出すだけで精一杯。若い者で全部仕切っておくれ」

食事がすむとキヨノは咲耶に言い渡した。キヨノは普段ひどく若ぶっているが、咲耶に厄介《やっかい》ごとを押しつけるためなら、手の平を返して、年寄りぶる。

福茶は初詣《はつもうで》に来る氏子《うじこ》たちにふるまうもので、福豆、昆布、梅干し、山椒《さんしょう》に、朝一番に汲《く》んだ若水で淹《い》れた煎茶《せんちゃ》を注《そそ》いだものだった。昆布の「よろこぶ」、梅は縁起《えんぎ》のよい「松竹梅」のひとつ、福豆は「まめで元気に」という意味がこめられ、一年の無病息災を願う特別なお茶だ。出汁《だし》のような旨《うま》みと香りがあり、山椒の効用で体も芯からあたたまる。

咲耶は十八の春、父母の反対を押し切り、江戸にやってきた。陰陽師の家系の咲耶が京を離れたのには、深い理由がある。

そのまま、京にいたなら、咲耶の気持ちなどお構いなしに、実母の豊菊《とよぎく》に、出世競争を勝ち抜きそうな陰陽師の公家《くげ》と一緒にさせられそうだったからだ。

このとき、荒山神社と咲耶を取り次いでくれたのは、母方の祖父・安晴《やすはる》だった。

安晴は陰陽師の生ける伝説と語られるほどの式神《しきがみ》の使い手で、帝《みかど》の覚えもめでたかったが、宮中の雑事と足の引っ張り合いにうんざりし、早々に引退。今は祖母の蔦《つた》の葉《は》とともに桂川源流《かつらがわ》の山里で静かに暮らしている。

安晴と蔦の葉から、欲の塊《かたまり》のような豊菊が生まれたのも不思議だが、江戸に来た当初は、なぜ安晴がこの荒山神社を咲耶のために選んだのか、腑《ふ》に落ちない思いになった。

キヨノの傍若無人《ぼうじやくぶじん》な物言いに驚き、当時は神主だった舅・宗元のやる気のなさと無責任ぶりにあきれ、陰陽師の中の陰陽師である安晴が孫娘に勧《すす》める神社とは信じられない気がした。

ただ荒山神社には、いい気が流れている。澄《す》み切った清々しい風が境内《けいだい》に吹き渡る。大きな御神木のモチノキはまっすぐに天に伸び、桜や梅、ツツジ、夏椿《なつつばき》、楓《かえで》が季節の移り変わりを鮮やかに教えてくれる。

巫女《みこ》として働きはじめて三年が過ぎたとき、熊野《くまの》での修行を終えた跡継ぎの宗高が戻ってきた。

誰にでも穏やかに接し、ぼんくらといわれるほど人がいい宗高。見えない世界が見えないのに大好きで、信じられないほど涙もろくもある。荒山神社に吹くおおらかな風にどこか似ていた。

いつしか、咲耶は宗高と一緒に生きていきたいと思うようになった。

咲耶二十二歳、宗高二十一歳。

出会ってから半年後、宗高はキヨノの反対を柳《やなぎ》に風《かぜ》と受け流し、ふたりは夫婦になった。

ただひとつ、咲耶は宗高に秘密にしていることがある。

咲耶が式神使いであることだ。

元旦のお膳に並ぶ昆布巻きもきんぴらも、黒豆も、式札《しきふだ》に仕込まれた式神がせっせと作ったものである。

元旦は年神さまをお迎えするために家に籠《こも》る人も多く、荒山神社への人出はそれほどでもなかったが、二日と三日は目が回るような忙しさだった。

袖の長い晴れ着を着た若い娘たち、髪をきれいになでつけた年配の女たち、紋《もん》付《つ》き羽織《はおり》袴《はかま》姿で見てくれが三割ましの男たちが、宗高や咲耶に挨拶に来て、縁起物の福茶を飲んでいく。

町も華やかに賑《にぎ》わっていた。

町火消《まちびけし》の出初《でぞ》めに人々が集まり、町を太神楽《だいかぐら》や鳥追《とりお》い、万歳《まんざい》、こはだの鮨《すし》売り、宝船《たからぶね》売りや暦《こよみ》売りなどが行き交《か》う。空には凧《たこ》が飛び、凧と凧をからめて奪《うば》い合う「からめっこ」に興じる子どもたちの笑い声や、羽根突きの音も聞こえた。

◇◆◇◆

一月四日――。

夕方、やっと社務所から人が消え、家に戻ってきた咲耶はこたつにもぐりこんだ。この日は近所だけでなく、遠くからも祈禱《きとう》を頼みに大勢の人が押し寄せた。このところ宗高のお祓《はら》いが霊験《れいげん》あらたかであるという噂《うわさ》が広がり、人を呼んでいた。

安産祈願、商売繁盛、学業成就……人の願いはさまざまである。

咲耶はふと《八角堂《はっかくどう》》の主《あるじ》・勘吉《かんきち》のことを思い出した。

勘吉は女房の病気の平癒《へいゆ》祈願にやってきた男だった。

八角堂は香木を売る店で、勘吉は四十がらみ。前の女房を病《やまい》で亡《な》くして、今の女房を一年半前に迎えたばかりだ。その女房が年末から調子を崩し、床から起きられなくなったという。

羽織袴に身を包み、一筋の乱れもなく髪を整えた勘吉は、祈禱のあいだ中、一心に祈り続けていた。手を合わせ、微動《びどう》だにせず、願いの言葉を繰り返す。その姿から女房がどれほど大切な存在なのか、咲耶にも伝わってきた。

宗高の祈禱が神さまに通じ、勘吉の女房が元気になってくれればいうことがないが、病とは厄介なもので、神力が及ばぬこともある。

障子《しょうじ》の隙間《すきま》から冷気が入ってきて、咲耶はこたつ布団《ぶとん》をずるっと首まで引きあげた。口をくちゅっと動かすと火鉢《ひばち》の炭《すみ》がかんかんに熾《お》きはじめた。胸元から取り出した式札に息を吹きかけると、式札は閉じた障子の間をするりとすりぬけた。すぐに雨戸を閉める音が聞こえた。

晴れ渡ったのは元旦だけで、あとは降ったり止《や》んだりが続き、参道《さんどう》の両脇に寄せた雪が一尺（約三十センチメートル）にもなっている。雪の上を渡ってくる隙間風は骨まで凍《こお》らせるような冷たさだ。

火鉢にかけた鉄瓶《てつびん》から湯気が出はじめたのをぼんやりと眺めながら、咲耶は何か忘れているという気がした。だが、それが何か思い出せない。

咲耶と宗高の住まいはかつて宗高の祖父母の隠居所だったところで、キヨノたち舅姑《しゅうとしゅうとめ》が住む左側の本宅とは参道をはさんで相対している。

水屋《みずや》を兼ねている土間に、田の字に並ぶ四畳半の部屋が板の間ひとつを含めて四つと、二人暮らしには十分すぎる広さがある。何より本宅に住むキヨノと年中顔を合わせずに済むのがありがたかった。

そのままうつらうつらしていると、付喪神《つくもがみ》の金太郎《きんたろう》人形と同じく硯《すずり》のぼたんの話し声が聞こえた。

「ぼたんちゃん、寒うないか」

「うちはだいじありません。硯やもの。それより金ちゃんは、腹掛《はらが》けだけで、風邪《かぜ》ひかない？」

「ぼたんちゃんがそばにおれば寒うなんかあらへん」

金太郎は高さは七寸（約二十一センチメートル）ほどの一刀彫《いっとうぼ》りの古い人形だ。おかっぱ頭にきりりとした目、一文字に結ばれた口、ふっくらとした頬《ほお》。金と書かれた赤い腹掛けは、咲耶が正月に新調した新品だ。肩にはまさかりの、い、い、いのようなものをかつぎ、クマのようなものも従えていた。

ぼたんはといえば、花びらが重なる牡丹《ぼたん》が彫られた、名品と名高い端渓《たんけい》の硯だった。端渓は硯の最高峰であり、佇《たたず》まいにもさすがの品が感じられる。硯は手の平ほどの小さいものだが、よく見ると牡丹柄の着物を着たかわいい女の子がその上に座っている。

どちらも作られてから百年たって付喪神になった妖《あやかし》だった。

ただし、金太郎のクマとまさかりは素人《しろうと》が作ったとひと目でわかる代物《しろもの》だ。人から人へと渡される間にクマやまさかりは壊れてしまい、この家に来たとき金太郎は相棒を失った寂しさに、毎夜涙をこぼしていた。

そこでクマとまさかりを宗高が作ってやったのだった。

金太郎が付喪神であることを、宗高は知らない。知らないけれど、金太郎には仲間と道具がなくては寂しいだろうと考えるのが宗高なのである。犬か狸《たぬき》かとさまざまに見えるクマだが、金太郎は意外にも気に入っているようだった。

「金ちゃんたら、お上手なんだから」

「ちゃうちゃう。ほんまの気持ち」

「金ちゃんと迎えるはじめてのお正月。ぼたんは嬉《うれ》し」

腹掛けだけだろうが、付喪神がどだい、寒さなど感じるはずがないのに、くつくつ笑いながらいちゃいちゃしている。

金太郎とぼたんは縁あってここにやってきた。このごろでは、妖の入内雀《にゅうないすずめ》も飛んできては、始終《しじゅう》おしゃべりに興じている。

昨年の暮れ、怪しいものばかりを扱う骨董屋《こっとうや》《青山《あおやま》》で、宗高は虎の金屏風《きんびょうぶ》に、それが付喪神と知らずに魅《み》せられ、あやうく買い求めるところだった。とても手が出る値段ではなかったのは幸いだった。付喪神がこの調子でどんどん増えたら、家でのんびりすることもできなくなってしまうだろう。

こうして咲耶が妖を見分け、声を聞くことができるのは、高位の妖狐《ようこ》である祖母の蔦の葉の血が流れているからだ。

「いつまでもこうしちゃおれないわ。宗高さんはもっと疲れているはずだもの。何かあったかいものを作らなくちゃ」

咲耶は自分で自分に気合いを注入すると、よろよろと立ち上がり、お勝手に向かった。

かまどの前に立ち、気持ちを集中して、再び式札を取り出し、唇《くちびる》を動かす。水を張った鍋《なべ》をのせたかまどにぽっと炎が立ち上る。

まな板の上の梅干しからにゅるっと種が飛び出るや、包丁がトトトトトと梅干しを叩《たた》く。たちまちどろどろになった梅干しは宙に浮き上がり、どんぶりに飛び込んだ。みじん切りにしたネギも宙を飛び、別皿におさまる。

さらに長ネギや椎茸《しいたけ》、にんじんも適当な大きさに切り分けられた。

傍《かたわ》らでは、削《けず》り器の上をしゃっしゃっと音をたてながら、鰹節《かつおぶし》が行きつ戻りつし、花鰹ができていく。

鍋の水が沸騰《ふっとう》するや、その花鰹がふわっと飛びこみ、やがて鍋がひとりで宙に浮かび、ふきんを敷いたザルにざざっと中身が注がれる。その下の鍋には金色の澄んだ出汁が完成した。

長ネギと梅干しを和《あ》えたポン酢、長ネギと白ごまをたっぷり入れた出汁醬油を式札が作り終えたとき、宗高が戻ってきた。

咲耶はすかさず式札の動きを止め、その式札を胸元にしまった。

「雪がまた大降りになってきた。あまり積もらないといいが」

豆腐を切りながら、咲耶はふり返って、宗高にうなずく。

「寒かったでしょう。今日は、具だくさんの湯豆腐ですよ。あったまりますよ」

「こんな日にはぴったりだな。咲耶の湯豆腐、楽しみだ」

自分は豆腐を切るだけだが、宗高にほめられて咲耶はうふんと微笑む。

茶の間の火鉢に鍋をうつし、よそったお椀を差し出すと、宗高は箸をとり、はふはふいいながら食べはじめた。

「このポン酢と出汁醤油が絶品なんだよ。あ、あっつ……」

いきなり熱い豆腐を口にした宗高が目を白黒させた。吐き出させようと、あわてて咲耶がちり紙を差し出したが、宗高はごくりと飲みこんだ。咲耶が心配そうに宗高の顔をのぞきこむ。

「喉《のど》は焼けてない？　胃の腑は？」

宗高は口に拳《こぶし》をあてて、んんっとうなった。

「……無事のようだ」

「もう宗高さんったら。いきなり熱々の豆腐を食べたら火傷《やけど》するって、いつもいってるでしょ」

頰をふくらませ、ちょっと怒ったような表情で肩をぱしっとはたいた咲耶の手を、宗高がきゅっとつかんだ。

「咲耶は心配性だな」

「大切な宗高さんのことですもの」

そのまま宗高の胸に抱き寄せられ、うっとりしかけた咲耶の耳に「調子に乗って、鍋をひっくり返しでもしたら、ふたりともほんまに大火傷しまっせ。知らんけど」という金太郎の気乗りのしない声が聞こえた。

咲耶は顔をあげ、宗高をすくうように見上げ、微笑んだ。

「あとは湯豆腐を食べてから……ね」

こうしてなんとか食事も終えたときだった。

「……そういえば、ミヤと三吉《さんきち》は顔を見せたか？」

宗高がいった。

咲耶ははっと顔をあげた。

何か忘れている——それはふたりのことだった。

ミヤと三吉は、この別宅と塀を隔《へだ》てた長屋に住んでいて、ほぼ毎日、顔を見せにやってくる。一年三百六十五日のうち、三百六十日はやってくる。

そのふたりが、三が日が過ぎても、顔を出さない。

年頃のミヤ、その弟で十歳というふれこみの三吉。

だが、その正体は化《ば》け猫と三つ目小僧だ。ふたりは咲耶が陰陽師であることを知っていて、そういう意味では気を許せる妖でもある。

「どうしたんでしょう。私も気になっていて」

「風邪でもひいたのかな」

ふたりは顔を見合わせた。なんともいえない不安が咲耶の中にわき上がってきた。

◇◆◇◆

翌日、思えばすべてはこの日からはじまったのだ。朝の参拝に来た長屋の女房に、咲耶が三吉とミヤのことを尋ねると、意外な答えが返ってきた。

「親戚のばあさんが田舎《いなか》から来てるのよ。正月だから江戸に出てきたんだってさ。挨拶に土産《みやげ》の手ぬぐいをみんなに配ってくれて」

「まあ、気が利《き》くわね。どんな人？」

「腰の低い、よさげな人だったよ」

化け猫と三つ目小僧の親戚というのだから妖に決まっている。

どんな妖がやってきたというのだろう。無理矢理おしかけてきたのだろうか。だとしたら、そのせいで厄介ごとが起きているのかもしれなかった。人に仇《あだ》なす妖ではなくても、妖はそれぞれに癖が強い。

五日にもなると、初詣客も少なく、昼過ぎに人が途絶《とだ》えると、咲耶は宗高に三吉とミヤの様子を見に行くと伝え、長屋に向かった。

昨晩の雪は降り止み、今日は久しぶりの晴天だ。

長屋にも正月のいい気が流れていた。

年末に行なった長屋をあげての大掃除《おおそうじ》で隅々《すみずみ》まできれいになっていて、埃《ほこり》と泥がこびりついていた板塀もすっきりと清々しく拭き上げられている。雪は片隅にきちんとまとめられ、雪水を吸った泥で足元が汚れないように、通り道には長い板が渡されていた。

「あら、咲耶さん」

井戸端の女房たちが声をあげた。長屋中の女たちが集まっているようだった。

「みなさん、おそろいで」

「ようやく亭主たちが働きに行ってくれて、やれやれと骨休めしてんですよ」

「正月は朝から晩まで亭主がうちにいたでしょ」

「うれしいじゃないですか。ずっとご亭主の顔を見ていられるなんて」

「そんなことをいえるのは、咲耶さんくらいだよ」

女たちはいっせいに手を横にふる。

「見てうれしくなるようなご面相《めんそう》じゃないしねぇ」

「酒を呑《の》んで寝て、起きたと思ったらまた腹減ったって。他にいうことないのかねえ」

「あ〜、せいせいした。正月が終わって」

三味線《しゃみせん》の音が遠くから流れてきたのはそのときだ。続いて、艶《えん》な歌声がかすかに聞こえてきた。

「あら、鳥追いだ」

鳥追いは、正月の祝い芸のひとつで、二人連れの女太夫《おんなだゆう》が、水色脚絆《きやはん》に日和《ひより》下駄《げた》、粋《いき》な菅笠《すげがさ》に縞《しま》の着物姿で三味線を弾《ひ》きながら、鳥追い歌などを歌って家々を回り歩く。

「景気づけに思い切ってここに呼んじゃう？」

そういった女房が懐《ふところ》から巾着《きんちゃく》を取り出した。ほかの女房たちもあわてて巾着の中を確かめる。

「いいわね。年の初めだし」

「あたいたちのために歌ってもらおうよ」

鳥追い女を迎えに走りだした女房たちを見送り、咲耶は三吉とミヤの表戸の前で声をかけた。

「咲耶です。明けましておめでとうございます」

心張《しんば》り棒《ぼう》を外す音がしてがらっと戸が開くや、三吉は「早く入って」と咲耶の手をぐいっと引き、ぴしゃりと戸を閉めた。いつもは開けっ放しの戸に三吉はまた心張り棒をかける。

「ど、どうしたの？」

狭《せま》い部屋の真ん中に敷かれた布団が人の形に盛り上がっている。

「ミヤ、病気なの？」

「違う。いや、そうかも」

三吉が深刻な顔でため息をつく。

枕元《まくらもと》には白髪《しらが》頭のシワだらけのばあさんがちょこんと座っていた。

ばあさんは咲耶と目が合うと、手をついて深々《ふかぶか》とお辞儀《じぎ》をした。

「ミノと申します。新年おめでとうございます。三吉が困っておりましたので、手伝いにまいりました」

目をこらすと、本来の姿が見えてきた。

品のいいばあさんと思いきや、ぼろの着物に、簑《みの》を編《あ》んで作った雨よけの簑帽子をかぶっている。簑帽子の奥に光っているのは大きな一つ目だ。

箕借《みか》り婆《ばばあ》だ。咲耶のこめかみがぴくぴくとふるえ、胸が冷たくなった。思わず、咲耶が目の近くに手をやったのは、箕借り婆は、人の目を欲しがり、奪おうとする妖だからだ。

「大丈夫ですよ。そちらさまの目をとったりしませんから。万が一、咲耶さんの目をとったら、縁を切ると三吉に言い渡されましたからね。三吉はその代わり、あたいに新しい簑を買ってくれるんだそうで」

にやりとミノは笑った。だが目は笑っていない気がした。

そのとき、布団がもこもこと動きはじめた。ミヤの手が布団から飛び出た。突き出た腕がひょい、ひょいと、舞うように動いている。

「いけない！」

三吉とミノが、すばやく布団の上からミヤにのしかかった。

「どうしたのミヤ。何してんの、ふたりとも」

鳥追いの三味線と歌が外から聞こえる。長屋の女房たちが呼んできたのだろう。女房たちの笑い声も響いている。

ミヤはふたりに押さえこまれても、動きを止めない。どころか、動きがどんどん激しくなっていく。

だが、咲耶はふたりを手伝う気にはなれなかった。

ミヤが悪ふざけをするのは、いつものことだ。

「踊りたけりゃ踊らしておけばいいじゃない」

自分がこれをしたいと思ったら、ミヤは誰が止めようがやってのける。止めれば止めるほど、ムキになり、よけいにひどいことになる。

それが化け猫なので、人に迷惑をかけない限りの話ではあるが、やりたいことはやらせ、放っておくのがいちばんなのだ。

ひとつ不思議なのは、三吉とミノにのしかかられても、ミヤがいつものように怒りを爆発させないことだった。

声を荒らげもしない。かといって動くのをやめるわけでもない。こんなミヤも珍しい。

「そんなんじゃないんですよ」

三吉が強い口調《くちょう》で、咲耶にいう。これも温厚な三吉には珍しいことだった。

ドンドンと戸を叩く音がし、三吉とミノはぎょっと体をすくめた。

「三ちゃん、おミヤちゃん、咲耶さん、おミノさん。鳥追いを呼んできたよ。出ておいでよ」

「これから歌ってくれるよ。一緒に聴こうよ」

女房たちが戸の前で明るい声を張り上げている。

三吉が絞り出すように答えた。

「ありがとうございます。今、取りこんでおりまして」

「そぅお。せっかくなのに」

「出てくりゃいいのに。つきあいが悪いね」

「すみません」

三吉は答え、唇を真一文字にひきしめると、ミヤを押さえこむ手に力をこめた。

門松《かどまつ》に　一つとまった　追羽根《おいばね》のそれから明ける
年の朝　早も三河《みかわ》の太夫さん
エエ　ヤハンリヤ目出たや
鶴は千年鳥追い海上はるかに
見渡せば年始御礼は福徳や♬

鳥追い女の歌が朗々《ろうろう》と流れはじめるや、ミヤの動きはいっそう大胆になった。

ミヤはふざけて動いているのではなかった。

三吉とミノは必死の形相《ぎょうそう》で動きを封じようとしている。だがミヤは渾身《こんしん》の力で、足や手を動かそうと暴れる。

「咲耶さんも手伝って」

三吉にいわれて、咲耶はあわててミヤの腕をとろうとしたが、いきなり額《ひたい》をばちーんとぶたれた。化け猫の力はすさまじい。次は足でどんと腹を蹴《け》られた。腕をひっかかれる。何度かはじき飛ばされた末に、なんとか咲耶は片方のミヤの腕にしがみついた。

だが、歌が終わり三味線が鳴りやむや、ミヤの動きはぴたりと止まった。まるで嵐が過ぎ去ったように。

咲耶はぜいぜいと息をしながら、ミヤの体から身を起こすと、髪に手をやった。ふっ飛ばされた勢いで、ぼさぼさだ。

顔をあげた三吉とミノも、ざんばらのぼろぼろで、惚《ほう》けたような表情だ。

もそもそと布団の中から、ミヤが顔を出した。こちらの髷もぐずぐずに垂れ下がり、顔は仏頂面《ぶっちょうづら》。目の下にはクマがはりついている。

「水、水……」

ミヤはうめくようにつぶやき、ミノが差し出した湯呑みをひったくり、喉をならしてむさぼり飲んだ。

それで終わりではなかった。

女房たちとのおしゃべりを終え、ご祝儀《しゅうぎ》をもらった鳥追い女たちが、またチントンシャンと三味線をかきならすと、再びミヤの体が動きはじめた。

「まずい」

三吉はまたミヤに布団をかぶせた。咲耶もミヤの体の上に身を投げ出した。

三味線の音が遠ざかるにつれ、ミヤの動きはゆるくなり、また静寂が訪れた。

おずおずと布団から顔を出したミヤは油が抜けたような表情であさってのほうを見ている。

「ミヤ、いったいこれは」

「咲耶さんに話せよ」

「いやだ」

「自分のことだろ」

「三吉がいって」

ふてくされて布団をかぶったミヤを見てため息をもらした三吉は、見ての通り、鳥追いの三味線と歌を聞くとミヤが踊りだしてしまうのだと、どっと老《ふ》けこんだ表情でいった。

「放っておいたら手ぬぐいをかぶり、延々《えんえん》と踊るんですよ」

踊り好きは人にも大勢いて、音曲《おんぎょく》が鳴りだすと体が動くという人も少なくない。だが、それとは違うと三吉は言葉を吐き出す。

「自分でも止められない。踊りたくないのに、ミヤは踊っちまうんです。いちばん困るのは、踊り疲れると、突然、人から猫の姿に戻ることで。悪くすると猫の姿で踊りながら、平気で外に出ていっちまう……」

「こんなこと、今までなかったのに」

布団の中でミヤがため息をもらした。

化け猫が手ぬぐいをかぶって踊ることは、よく知られている。与謝蕪村《よさぶそん》の、「夜な夜な猫またあまた出ておどりける」という文章つきの手ぬぐいをかぶって踊る猫の絵は中でも有名だ。

だが、化け猫が三味線の音を聞いていちいち踊りだしてしまうようでは、人の世で暮らすことはできない。

昨年の正月、ミヤは振り袖を着て、めかし込み、荒山神社に初詣に来た。あのときも鳥追い女は町中を歩いていたが、ミヤが踊りだすことはなかった。

危なっかしいところはあるものの、いくら心浮き立ち、血湧き肉躍《おど》ろうとも、ミヤはすっかり我を忘れてしまうような、うかつな化け猫ではなかったはずなのだ。

「何かあったの？」

そう聞いた咲耶に、ミヤは布団から顔を出してぎらりと光る牙《きば》を見せた。

「それがわかってたら、なんとかしているわよ」

「それもそうよね」

「ミヤに恨《うら》みがあるやつが術をかけてるってことはないのかい？」

ミノがうかがうようにいう。ミヤは肩をすくめた。

「恨み……買っていないこともないけど。でも恨みを晴らすために、鳥追い女の三味線を聞いたら踊りだす術をかける？　そんなまどろっこしいことをするようなやつは、まわりにいないよ」

理由が皆目《かいもく》わからず、手の打ちようもない。

「それでおミノさんに来てもらったんですよ。おいらひとりでずっとミヤを見張っているわけにもいかないから。手習いや仕事もあるし」

三吉は手習い所に通う傍ら、両国広小路《りょうごくひろこうじ》のはずれにある《文栄堂《ぶんえいどう》》という代書屋《だいしょや》で、文《ふみ》の配達や簡単な文の代書も行なっている。

「あたいは年寄りですから、見張りと重しくらいしか役に立ちませんけど」

ミノがしおらしくいう。箕借り婆は、ひとつ目小僧の仲間で、三つ目小僧の三吉とも旧知の友人だといった。

「こんなことが続くなら、ミヤは人の世で暮らすのをあきらめたほうがいいよ」

三吉はぼそりという。

「あ〜、くさくさする。マタタビの匂いでもかいで、気持ちを変えようっと」

布団から出てきたミヤはずいぶんやせていた。

「ミヤ、もうすぐ鳥追いも姿を消すから辛抱《しんぼう》してね。三吉、おミノさん、何かあったら遠慮なくいってね」

結局、それくらいしか、咲耶にいえることはなかった。

◇◆◇◆

七草《ななくさ》が過ぎると、鳥追い女は姿を消し、江戸にまた普通の日々が戻ってきた。

「九九九年生きた亀？　眉唾《まゆつば》よ、そんなもん」

今日も社務所に三婆《さんばば》が集まって、茶のみ話に興じている。

三婆とは、下駄屋の隠居のウメ、お茶屋の隠居のマツ、せんべい屋の隠居のツルの三人で、茶のみ話を楽しみに連日通ってくる氏子のご意見番だった。

話題は両国広小路の見世物だ。

ウメ、マツ、ツル。誰が今話しているかもわからないほど三人はよく似ている。

「だいたい亀の年なんてどうやってわかるのよ」

「亀の甲羅《こうら》が、木の年輪と同じようなもんなんだって」

自信たっぷりにいったのは三婆のまとめ役のウメだった。

「なんでおウメさん、そんなこと知ってるの？」

「ちょいと両国広小路に行ってきたの。その亀を見たら長生きするっていうから」

「で、ほんとに九九九もあった？」

「男が亀の甲羅を指さしながら一、二、三、四って数えるたびに、ド〜ンと太鼓が鳴って、そりゃ盛り上がって。九九九っていったときには、拍手喝采《かっさい》」

「九九九まで太鼓を聞いたの？　半刻（約一時間）くらいかかるんじゃない？」

「うん。かかったね。おっきい亀で長さは四尺（約百二十センチメートル）くらいあったかな。甲羅も分厚くて、小山みたいにこんもりしてるんだ」

「亀は嫌じゃないのかね。毎日、傍らでドンドン太鼓を叩かれて」

「亀だって耳が遠くなるんじゃない？　九九九歳だもの」

「はりぼてかもしれないよ」

「いや、違う。ときどき目を開けたり閉じたりしてたから」

一千年前といえばお公家全盛の平安時代だ。

目がぱちぱちする仕掛けのはりぼてくらいなら作れそうだし、ただの大きい亀というだけかもしれない。と思っても、咲耶は口にはしない。

そのとき、箕借り婆のミノが社務所に入ってきて、咲耶はぎょっとした。

咲耶がしかたなく三吉とミヤの親戚のばあさんだと紹介すると、三婆は相好《そうごう》を崩した。

「どちらからいらしたんですか」

「神奈川《かながわ》です」

三婆の目を狙っているのかもしれないと思うと、気が気ではない。

「まあ、ずいぶん遠くから。ゆっくりしておいきなさいよ」

「三吉とおミヤちゃんにご親戚がいたんだねぇ。よかった。親がいないから不憫《ふびん》だと思っていたんだよ」

「親戚といっても遠縁ですけど」

「今、九九九年生きた亀の話をしてたんだよ。見ると、寿命が伸びるんだって。あんたも行ってみたらいいよ。江戸土産にね。あたしたちも行くつもり」

マツとツルはすでに行く気満々だ。

「おはようございます。みなさま、今日もおそろいで。あら」

そのとき社務所に入ってきたキヨノは目をこすった。三婆がひとり増えたように見えたのだろう。

「お邪魔してます。三吉とミヤの親戚のミノと申します」

ミノがそういうと、キヨノは見間違いではなかったとほっとしたように会釈《えしゃく》を返した。その瞬間、ミノは身を乗り出し、キヨノの目をのぞきこんだ。

咲耶はひやりとした。

「目がお悪いんですか？　こすっておられましたが」

「いえいえ。幸い、私は目も若いようでして」

すっかり老眼なのに、キヨノはここぞとばかり見栄《みえ》をはる。

「それはよかった。目は大事ですからねえ」

宗高が入ってきたのはそのときだ。ミノの目が宗高に、釘《くぎ》づけになった。咲耶は、あわてて宗高のそばに駆け寄った。

ミノは立ち上がり、調子よく宗高に挨拶して、これぞとばかり笑顔を見せる。

「ふたりに早く顔を出すようにいってください。今年に入ってから、会ってないので」

そういった宗高をミノは食いいるように見つめ、如才《じょさい》なくいう。

「必ず申し伝えます」

目を狙うなら若い目のほうがいいに決まっている。三婆よりキヨノ、キヨノより宗高だ。

宗高から目を離さないミノの肩をウメがポンと叩いた。

「いい男でしょ。見てくれもいいし、心根もいいし、氏子自慢の神主よ」

「本当に。滅多《めった》にない、澄んだ瞳をしていらっしゃる」

ミノは満足そうにうなずいた。宗高の目を狙っていることを隠そうともしないミノに、咲耶はかちんときた。咲耶がにらみつけても、ミノはどこ吹く風なのもしゃくに触る。

しばらくしてミノは、腰をあげた。

宗高の目を狙ったら承知しないときっちり釘をささなくてはと、咲耶は追いかけたが、外に出るとミノの姿はもうどこにもなかった。

さっきまでそこにいたのに、かき消えてしまった。思わず目をこすった。

「目にごみでも入ったか」

ふりむくと宗高が立っていた。

そのときだ。ぶ～んという音がして、虫が宗高の肩に止まったのは。

暗褐色《あんかっしょく》で、白い斑点《はんてん》がぽつぽつ浮かんでいる小さな虫。背中の形は亀の甲羅のような……。

カメムシだ。いや、違う。

箕借り婆がカメムシに化けて、宗高にひっついていた。その視線は宗高の目にひたと向けられている。咲耶の肌がぞわっと粟立《あわだ》った。

「何やってんの、人の亭主に」

カメムシを払おうと、咲耶が思わず、宗高の肩をひっぱたく。

「ど、どうしたのだ」

いきなり肩を叩かれて、宗高は目をしばたたかせた。

「か、カメムシが宗高さんの肩にっ」

「カメムシ？　落ち着け、咲耶。つぶすな。つぶしたらとんでもないことになる」

宗高の顔は一瞬にして蒼白《そうはく》になった。落ち着けと言いつつ、落ち着いていないのは当の宗高だ。袖をつかみ、渾身の力でばたばたと揺すっている。

カメムシは、強烈な悪臭を放つやっかいな虫だ。その臭いはすさまじく、カメムシの臭いで、別のカメムシが死んでしまうことがあるといわれるほどだ。蛇《へび》にもトカゲにもヤモリにも、天狗にだって臆することなく立ち向かっていく宗高だが、子どもの頃、鼻先でその臭いをぶっぱなされて以来、カメムシは天敵となったという。

といって、宗高は殺生《せっしょう》はしない。特にカメムシはできない。つぶしでもしたら、カメムシの臭いがずっととれなくなってしまう。

カメムシの臭いをさける唯一の方法は、飛んでいっていただくことだけ。だが、袖を揺すろうがひっぱろうが、箕借り婆カメムシはびくともしない。落とされまいとかえって手足をふんばりしがみつく始末だ。

宗高の目を狙っているというだけでも許せないのに、この図々《ずうずう》しさを許してなるものか。

咲耶の頭にか〜っと血が上った。

「離れなさい！　私の大事な人の目に触れでもしたら、この世の果てまでも追いかけて、後悔させてやるから」と心の中でつぶやき、「風よ、起これ」と咲耶は口をくちゅくちゅと動かした。

その瞬間、宗高の足元から強い風が上に向かって激しく渦《うず》巻きはじめた。宗高の髪も、着物の袖も上に向かって巻きあげられた。何かにつかまっていないと、宗高自体も飛ばされていきそうな勢いだ。

「さ、咲耶！」

伸ばした宗高の手を咲耶がつかみ、踏ん張った。

ついにカメムシが風に巻きあげられ、空に飛ばされていくのが見えた。

箕借り婆に心配は無用だ。風に飛ばされたくらいで痛手を負う妖はいない。

風は起きたときと同様、唐突にやんだ。

「なんだったんだ、今の風は」

「つむじ風？　……あ、カメムシがいなくなってる。飛んでいっちゃったのね、よかった」

咲耶が宗高ににっこり笑った。

夕方、三吉がやってきた。人には聞かせられないと三吉がいうので、冷たい風が吹きすさぶ境内で立ち話となった。

「正月も終わり、鳥追い女もいなくなって、あんなことは起きなくなったんだけど、相当こたえたんだろうね。ミヤはまだ家から出られないんですよ。だから退屈して、ふてくされて、機嫌が悪くて……マタタビで遊んでいるときだけですよ、静かなのは」

「踊りだす理由はわかったの？」

「皆目見当《かいもくけんとう》がつかないんですよ。鳥追い女だけなのか、三味線や歌が全部だめなのかだってわかんないし」

「当分は家の中でおとなしくしているのがいいかも。……で、こんなときに、おミノさんのことなんだけど」

咲耶が先ほどの顚末《てんまつ》を語ると、三吉は額を叩いて、はぁ～っとため息をついた。

「宗高さんに目をつけるなんて、ほんとにあのばあさんは。おミノさん、なんにでも化《ば》けられるんですよ。しかしよりによってカメムシってのはなぁ。人に触られない、つぶされないって、わかってやってんだ……さっき、家に帰ってきたおミノさん、あちこちにすり傷を作っていたんですよ。転んだとかいってましたけどね。ふっ飛ばされてどこかにぶつかったんですね。あ、たいした傷じゃないので心配はいりません。妖ですから、すぐ治ります」

ミノが怪我《けが》をしたと聞くと咲耶の胸がちくりと痛んだ。

「宗高さんの目を狙わないようにときつくいっておきますよ。大丈夫。おいらがうけあいますから」

三吉はそういって胸を叩いたが、ミノが帰るまで咲耶はうかうかできないと思った。万が一ということがある。宗高のそばを離れず見守らねばならないと、咲耶は唇《くちびる》を引きしめた。

◇◆◇◆

それから二日ばかりして、咲耶と宗高は小網町《こあみちょう》を歩いていた。

日本橋川沿いの河岸《かし》に白壁の土蔵が立ち並んでいる。歌川広重《うたがわひろしげ》の江戸名所百景にも描かれた小網町河岸三十六蔵の美しい風景だ。

「雪が降らずに幸いでした」

「子どもたちがあんなに集まるとは思わなかったよ」

ふたりは行徳《ぎょうとく》河岸の船宿の建前の帰りだった。

建前は、家を建てることを祝う儀式で、骨組みを作り、屋根の一番高い所に棟《むな》木《ぎ》を上げるときに行なわれる。

神主だけでなく大工たちも烏帽子に直垂《ひたたれ》で正装し、天地四方の神に拝礼してから木槌《きづち》で棟木を打ち、小さな丸餅《まるもち》を撒《ま》く。その撒き餅を目当てに、近所の子どもたちが今日も大勢集まった。

宗高の頬がほんのり色づいているのは、酒宴で少々酒をいただいてきたからだ。

不意《ふい》に、通りに男の悲痛な叫び声が響き渡った。

「頼みます。売ってください。番頭《ばんとう》さん、お願いします」

声は、香木問屋《千寿堂《せんじゆどう》》の中から聞こえてくる。

「扱っておりましたら、もちろん、お分けいたします。けれど、そんなものはうちにはございませんので」

「うちの女房の体がいけないんですよ。あいつの体を治すには、その香木がいるんです」

「そうおっしゃられても、ないものはございません。それに、香木で体がよくなるなんて話を聞いたこともございません」

「千寿堂さんで扱っていなかったらどこにあるというんだ。伝右衛門《でんえもん》さんならわかってくれる。伝右衛門さんはいねえのか」

「あいにく主人は外出しております。どうぞ気を平らになさってください」

がらがらと、ものを倒すような音がした。

「出せ、あるのはわかっているんだ。早く、ここに持って来い！」

「やめてください。乱暴は……」

ふたりが千寿堂に飛びこむと、男は番頭の胸ぐらを引きつかんでいた。

宗高が男の肩に手をかけた。

「勘吉さん、落ち着いてください」

咲耶ははっとした。

先日、女房の病気の平癒祈願にやってきた男。その名が勘吉ではなかったか。

男がふりむいた。目が血走っている。

「……神主さん、離しておくんなさい」

「そんなことをなさっても、おかみさんは悲しむだけですぞ」

宗高が低い声でいう。勘吉はがくっとひざをついた。

近所の者が知らせに走ったのか、まもなく顔見知りの岡《おか》っ引《ぴ》き・友助《ともすけ》が駆《か》けつけ、勘吉を取り押さえた。

番頭だけでなく、居合わせた宗高と咲耶にも事情を聞きたいといわれ、ふたりも近くの自身番《じしんばん》に向かうことになった。

番頭に詰め寄った威勢はどこにいったのか、自身番で勘吉は目をふせ、背中をすぼめ、ひざを揃《そろ》えて座った。

友助から問われるまま、長谷川町《はせがわちょう》で香木の小売りをしている《八角堂》の主・勘吉と名乗り、女房が年末から伏せっていると疲れ切った声でいった。

「病には香木より薬じゃねえのか」

至極《しごく》もっともなことをいった友助に、勘吉はきっぱり首を横にふった。

「どの医者に診《み》せても原因がわからなくて。思いつく限り、薬も買い、飲ませもしました。けれど、日に日に衰弱していく。ただひとつ効き目があったのは荒山神社のご祈禱でした」

勘吉はちらりと宗高に目をやった。

「その日と翌日、あいつは床から起き上がり、台所に立ってお菜《さい》を作り、よく笑って、前の女房に戻ったようだった。これできっとよくなると思ったのもつかのま、また起きられなくなって。……そんなときに、夢で声を聞いたんです。この家には悪い気が満ちている。女房の病はその気のせいだ。祓うことができるのは最上の香木だけだ、と」

勘吉は、蔵にしまっていた上等な白檀《びゃくだん》や伽羅《きゃら》、沈香《じんこう》などを次々に焚《た》いたという。

「一時《いっとき》、顔色がよくなるんですよ。けれどまた寝込んでしまう。上等といっても、うちにあるものなんて、たかが知れてる。あの声は、最上の香木だといったんだから」

「だからって、八角堂さん、よりによって蘭奢待《らんじゃたい》だなんて……」

「蘭奢待ですって？」

咲耶が驚いたように叫《さけ》んだ。すかさず宗高が咲耶の耳元にささやく。

「蘭奢待ってなんだ？」

「香木の宝物です」

「宝物？」

「確か、奈良《なら》の正倉院《しょうそういん》に納められていたはず。唐《とう》からの献上品であるとか、弘法大師空海《こうぼうだいしくうかい》が唐から持ち帰ったものだとか由来《ゆらい》はさだかではありませんが、とにかく唯一無二《ゆいいつむに》の香りだと語り継がれています」

蘭奢待のことを咲耶が知っていたのは、一条家も公家の端くれだからだ。

香道は公家にとってたしなみのひとつであり、香木の最高峰が蘭奢待というのは常識といっていい。

ただ蘭奢待を手にすることができるのは、歴代の帝や権力者など玉座《ぎょくざ》を極めた者のみである。

「先日届いた上方《かみがた》からの荷に、とんでもない香木が入っていたという噂を聞きましたぜ」

かみつくようにいった勘吉を、番頭は気の毒そうに見た。

その時、恰幅《かっぷく》のいい四十がらみの男が「ごめんくださいよ」と番屋に入ってきた。

男は友助に、千寿堂の主・伝右衛門と名乗り、お手数をおかけして申し訳ないと頭を下げた。それからおもむろに勘吉に顔を向けた。

「話は前で聞かせてもらったよ。勘吉さんとは長いつきあいだ。おかみさんの具合が悪いとは……気の毒に。けれど、蘭奢待は、私たちの手には届かないものですよ。先日の荷は、お大名家から頼まれたもので、すでに先さまにお納めしました。もちろん蘭奢待などではございません」

伝右衛門は友助に向き直ると、千寿堂と八角堂は勘吉の先代から取引があり、勘吉とは気心も知れている間柄なので、大ごとにはしたくないと穏やかにいった。

「勘吉さん。お縄になったりしたら、おかみさんがどれほど嘆《なげ》きなさるか。こんなことはこれっきりにしてください。元気を出して。おかみさんを力づけるために、看病する人は誰より明るく元気でないと。通り一遍《いっぺん》のことしかいえないのが口惜しいが、勘吉さんがふんばるのは今ですよ」

伝右衛門はしみじみといい、その場をあとにした。

放免となった勘吉に、友助が声をかけた。

「千寿堂さんの言う通りだ。もう荒事《あらごと》はするんじゃねえぜ」

「勘吉さん、気をしっかり持っておかみさんの力になってやんなさい」

番頭も、勘吉の背中をそっと叩いて、戻っていく。

これまで千寿堂と八角堂は、心が通うつきあいをしてきたのだろう。店で悶《もん》着《ちゃく》を起こされたにもかかわらず、主や番頭の目に浮かんでいたのは勘吉への同情の色だけだった。

勘吉は一礼すると、番屋をあとにした。

いつのまにか、ぶ厚い雲が空をおおい、また冷えこみはじめている。

咲耶は襟《えり》をかき合わせながら、東堀留川《ひがしほりどめがわ》に架《か》かる親父橋《おやじばし》を渡っていく勘吉の後ろ姿を見送った。

「私の祈禱の効き目もたった二日だけだったとは」

口を一文字に引き結び、宗高は沈黙した。咲耶は慰《なぐさ》めるようにいう。

「病ですもの。そういうこともありましてよ」

「このまま勘吉さんを放っておいていいのだろうか。……夢の声が家に悪い気が満ちているといった……それを咲耶はどう思う？」

またはじまったと咲耶は思った。

宗高は責任感が強い。その上、見えない不思議な世界が大好きで、自分には他の人にはない鋭い第六感があると信じている。どうやら、勘吉のために自分にできることがあるかもしれないと思っているようだった。

ミヤは音曲を聞くと踊りだし、宗高の目をミノが狙っているという厄介ごとを抱えてはいるが、絶望の淵《ふち》にいる勘吉を放っておけないのは、咲耶も同じだった。

「気になりますよね」

「うむ。行ってみよう」

咲耶は宗高と並んで、足早に勘吉を追いかけはじめた。

雪がちらちらと舞いだし、咲耶は襟巻きを頭からかぶった。宗高の髪に肩に雪が舞い落ちるが、宗高も咲耶も先へ先へと急いだ。

勘吉は賑やかな葭町《よしちょう》の通りから人形町《にんぎようちょう》通りに入った。六角新道《ろっかくしんみち》を通り過ぎ、その角から二軒目、間口一間半（約二・七メートル）の小さな店に入っていった。店には八角堂という看板がかけられている。

店の戸は閉じられていた。

宗高は、店の戸に手をかけた。

「ごめんください」

戸を開けたとたん、中から、人を酔《よ》わせるような香りがなだれ出て来て、ふたりを包んだ。咲耶は思わず手で口元をおおった。香りは息苦しくなるほど濃厚だった。

伽羅の匂いである。

伽羅は、沈香の最上級の香木だ。香りに求められる「甘さ」「酸味」「辛み」「苦み」「塩辛み」の五味をすべて満たしているといわれる。

店の奥の違い棚に聞香炉《ききごうろ》がおかれていて、そこから匂いが広がっている。

聞香炉は熾《おこ》した炭団《たどん》を灰に埋め、その上に薄く切った香木をのせた銀葉《ぎんよう》という雲母《うんも》の板をおき、熱で香りを拡散する道具だった。

「いらっしゃいませ……」

奥から出てきた勘吉は、立っていたのが宗高と咲耶だとわかると、商売用の笑顔を消し、神妙《しんみよう》な表情で頭を下げた。

「先ほどはお手数をおかけしまして」

「おかみさんのご容態が気になり、夢の話をもう少し、お聞きしたいと思いまして……」

「わざわざあいすみません。ですが女房の病にはせっかくの祈禱も効き目が薄いようで」

勘吉はちくりと皮肉をまじえ、短く息を吐いた。

咲耶は静かに口を開いた。

「沈香の匂いですね。それも上等な。……確か蘭奢待も同じ沈香の仲間だと聞いたことがあります」

勘吉が驚いたように咲耶を見る。

「おわかりになりますか。そちらさまも香道《こうどう》を？」

「かじっただけですけれど。何か小さなことでも、私たちでお力になることがありましたら……」

「……どうぞお上がりください。散らかっておりますが」

店の奥には茶の間と奥の間が続いていて、ふたつの部屋のふすまは開け放され、小さな屏風で仕切られている。奥の間に布団が敷かれているのが見えた。

布団から女房が起き上がる気配がした。

「どうぞ、横になったままで」

「お加減《かげん》が悪いと聞いております。ご無理なさらないでくださいませ」

あわてて宗高と咲耶が声をかけたが、女房はどてらを肩にかけ、しずしずと屏風の陰から出てきた。

その姿を見て、咲耶は声を失った。

抜けるように白い肌、潤《うる》んだような大きな目、色を失ってはいるが形のいい唇、指でつまんだような鼻、乱れてはいるものの豊かな艶髪《つやがみ》……はっとするほど美しい。

女房のしっとりとした佇まいと色香に、宗高さえもがどぎまぎしているようだ。

「千寿堂さんで、この人をお止めくださった方……でしょうか」

声も柔らかく品がある。咲耶以外の女には興味がない宗高もあっけにとられているほどの女っぷりだ。だんだん穏やかならざる気持ちになっていく咲耶に、宗高は気づかず、女房の顔を見つめている。

「今、旦那さまから話を聞き、胸がつぶれるほど驚いていたところでございました。……女房のムギでございます。本当にありがとうございました」

細い指をついたムギに、勘吉が耳打ちする。

「正月にご祈禱をしてくださったのも……まあそちらさまでしたか……」

「その節はお役に立てず……」

頭を下げかけた宗高をムギがさえぎる。

「いえ、おかげさまで少しの間、以前のように過ごせました。ですが、私の病は神さまが差配《さはい》できるものではないのでしょう。そういうこともございますよね」

口元をゆるめてムギは、宗高に微笑みかける。

宗高の顔がでれっとゆるんだ。他の女に対してこんな顔になる宗高を咲耶は見たことがない。宗高も男の例にもれず、絶世の美人には弱いのか。男とはそういうものなのか。

咲耶は悋気《りんき》の虫をおさめようとしたが、うまくいったとはいえない。

「……千寿堂さんが穏便《おんびん》にとりはからってくださってよかった。この人に何かあったら、私、生きていられないところでございました」

こんこんと咳《せき》をしながらムギはいった。

「咳がひどいのですか」

「咳もそうですが、夕方から熱があがります。体もだるく、頭もふらふらしておりまして」

勘吉はムギから目をはなさずにいった。

「風邪という医者もいました。胸の病という医者も。貧血だともいわれました。当たるも八卦《はっけ》とばかり、さまざまな病名を並べるがごとき有様《ありさま》で。しかしどの薬を飲ませても効き目はなくて……」

「年末から急に具合が悪くなったとか。そのころ、何かいつもと違うことがありませんでしたか」

　宗高は強い口調で尋ねる。

「何かとは？」

「家の普請《ふしん》をしたとか」

「何も」

「誰かが訪ねてきたとか」

「特に」

「何か拾《ひろ》ったとか。家に飛びこんできたとか」

　妙なことを聞くものだとばかり勘吉は眉を寄せて、「ございません」と首を横にふる。

「夢の中で〝悪い気が〟という声が聞こえたとおっしゃいましたので。何か禍《わざわい》をもたらすものが家の中に持ちこまれたのではないかと思いまして」

「はあ。ですがとりたてて……」

「さしつかえなければ、家の中を見せていただけませんか」

「どうぞ。ご案内いたします」

　咲耶は「私はおムギさんと」といい、後に残った。

二人が出ていくと、沈香の匂いが強くなった気がした。

ムギは上目遣《うわめづか》いで咲耶を見た。

「もうおわかりですね」

「ええ」

「あなたにも妖の匂いが……。他の人にはない力も持っておられるような」

咲耶はうなずき、自分は陰陽師であり、妖狐の血も入っているとムギに告《つ》げた。

ムギは猫又《ねこまた》だった。猫又は深山に棲《す》む妖だ。山に迷いこんだ人をたぶらかしたり、喰い殺すと伝えられている。一方、元は普通の猫が長生きをして猫又になるものもいるという。ムギは前者のようだった。

妖気は化け猫のミヤよりはるかに強い。ある意味高位の存在だ。

人の世にまぎれて生きている妖は多い。

だが、人とひとつ屋根の下で暮らしている妖はほとんどいない。人の姿に化け続けることは至難の業であるからだ。正体がばれれば騒ぎになり、一族を危険にさらすことにもなりかねない。人と暮らすことは、妖にとって命がけだった。

ムギは香道の師匠として、人の世で生きてきたという。

「人を喰らう者もおりますが、私は香りの世界に魅《み》せられ、人の世に出てまいりました。我が一族と比べれば鼻もきかないのに、様々な香りをあらゆるところから集めて尊《とうと》び味わう。人はなんて健気《けなげ》な生き物なのだろうと思いつつ、月日を送っておりました」

人の何倍も敏感な鼻を持つムギにとって、香道の師匠は天職だった。

「八角堂は、上質な香木を良心的な値段で分けてくれる店で、以前から月に一度は訪れておりました」

勘吉が女房とふたりの娘とともに暮らしていたころから、ムギは八角堂の常連《とつ》客だった。勘吉の女房は六年前に病で亡くなり、その後、娘たちは次々に嫁いで、勘吉はひとり住まいになった。

その後も、ムギと勘吉の主と客という間柄は変わらなかった。

勘吉は相変わらず店に選《よ》りすぐりの品々を並べ、通ってくる客と談笑し、こぎれいに暮らしていた。

「あれは三年前の冬のはじめでした。あの人、夕暮れ時の柳原《やなぎわら》の土手で、首をくくろうとしていたんです。たまたま私がその場に行き合わせて……」

人の目につかない木の枝にしごきをかけ、今、まさに首をくくろうとしていた勘吉に気づいた古着屋の店主が大声を出し、通行人が駆け寄り、しごきを切り、勘吉を助けた。

その中に、香道を教えた帰り道のムギもいた。

——勘吉さん、どうなすったの？

——おムギさん……。おれはもうダメだ。

知り合いがいたのが幸いと、野次馬は早々に立ち去り、ムギと勘吉が残された。

柳の木に背をもたれた勘吉は、げっそりと憔悴《しょうすい》した顔をしていた。目のあたりが青あざになっていた。

勘吉はぽつりぽつりと語りだした。

数日前の夕方、押し出しのいい男が息せき切って、八角堂に現われ、赤坂《あかさか》の茶道具屋の婿になった勘吉の弟がケンカで人を刺し、大怪我《けが》を負わせ、捕らえられたといった。男は町名主《まちなぬし》の吉兵衛《きちべえ》と名乗り、知り合いの岡っ引きに金をつかませればなんとか丸く収められる。だが、牢に送られればもうしまいだと続けた。

勘吉と弟はふたり仲のいい兄弟だったという。

穏やかな性分の弟がケンカをしかけるわけはない。きっと巻き込まれたに違いない。どんなに今、弟は悔いているだろう。人を傷つけたことを嘆《なげ》いているだろう。牢に入れられ、白州に引き出されることを恐れているだろう。弟を助けることができるなら、なんでもしようと、勘吉はその瞬間、決めた。

だが、家中の金をかき集めた勘吉に、吉兵衛はその金では足りないといった。——怪我人と家族、同心を黙らせるには、そんな金ではとても話にならない。せめて三十両は用意しないと。しかし早いほうがいい。私が先に、その金を届けよう。そちらはできるだけ早く残りの金を工面して、赤坂まで追いかけて来てくれ。

吉兵衛に金を渡すや、勘吉は蔵からありったけの香木を取り出し、質屋に駆けこんだ。なんとか三十両を借り受け、金を懐に入れ、赤坂に急いだ。

すっかり日は暮れていた。駕籠《かご》代さえ惜しみ、勘吉は闇に包まれはじめた道を走った。だがいくらも行かないところで、浪人崩れの男、三人に取り囲まれたという。腹を蹴られ、殴《なぐ》られ、人目につかぬどこぞの境内に連れこまれ、金をそっくり奪われた。

「返せ。弟の命がかかっているんだ」体の痛みに耐えつつ、声を絞り出した勘吉は「弟？　はてなんのことやら」という声を聞いた。その声がした先に、金を包んだ小風呂敷を持った吉兵衛と名乗った男がほくそ笑みながら立っていた。

騙《かた》りだと、勘吉はそのときになって悟った。だが悟った瞬間、意識を失った。

気がついたときには男たちの姿は消えていた。

──ようやく歩けるようになり、今日、赤坂に行き、弟の無事を確かめた。ケンカに巻き込まれてもいなければ、吉兵衛なんて名主もいなかった。弟は逆に、私がケンカをしたのではないかと心配して……。いえなかった。騙りにあったなんて。転んで怪我をしたといった。しかし考えてみればおかしな話だった。町名主が赤坂から日本橋まで駆けつけてくるもんか。知らせに来るのは番頭か手代だよ。何より、あいつが人を傷つけるはずはないと、なぜ信じてやらなかったんだろう。岡っ引きや同心に金をつかませるなんて、後ろ暗い話にどうしてのってしまったんだろう。もう蔵はからっぽだ。こんな話を訴え出るわけにもいかない……。

──だからって……。

──店も立ちゆかない。嫁いでいった娘たちに迷惑をかけられない。だまされた自分にも心底、うんざりした。もうどうでもいいんでさぁ。

　そういって心を閉ざそうとする勘吉を、ムギは必死になだめた。

――悔しい思いはわかります。でも、自分で命を絶ったりしたら、娘さんたちはどんなに悲しむか。弟さんだってどれだけ心を痛めることか。先にいったおかみさんも、決していい顔で迎えてはくれませんよ。勘吉さんの店を大切に思っている馴染みのお客さんもたくさんいます。八角堂がなくなったらがっかりして気を落とす人は、私だけじゃありませんよ。それだけの信用を勘吉さんは築いてきたんです。帰りましょ。住む家とあの店があれば、なんとかなります。

ムギは髪にさしていた翡翠《ひすい》のかんざしを抜き、勘吉に押しやった。

――どうぞ、店を続けてください。これを用立ててくださいな。差し上げるんじゃありませんよ。店を盛り返したら、返してくださいまし。そのときには菓子折でもつけてくださいな。

かんざしの翡翠は小指の爪ほどの大きさだが、まん丸で傷も色むらもない。透き通るような緑色で、表面には油をたらしたようなとろみがあった。

並のものではない。かつて空から落ちた龍の子を助けたムギに、天龍《てんりゅう》が礼として授けた宝珠だった。猫又ムギのたったひとつの宝物だった。

妖の王といわれる天龍に宝をもらったというムギを、咲耶は改めて見つめた。見目麗しいだけではない、心根の強さが瞳の中に感じられた。

ムギは話を続ける。

ふたりで質屋に行き、翡翠を差し出すと「これほど見事なものは見たことがございません」と質屋はあっけにとられ、香木をすぐさま返して寄越《よこ》したという。

それからムギと勘吉は行き来するようになり、ムギは持ち前の鼻を生かして香木の相談にものってやった。そんな日々を重ねるうちに、借金は少しずつ減っていき、何よりふたりが離れがたくなった。

ともに暮らしはじめて一年半になる。

芯は強いが控えめで、亡くなった前の女房の位牌《いはい》の前に花と朝の線香《せんこう》を欠かさないムギは、嫁に行った娘たちにも頼りにされるようになった。手堅い商いで店もすっかり持ち直し、ふたりは穏やかな日々を送っていたという。

「勘吉さんは思い当たることはないといっていたけど、おムギさんは何か……」

咲耶がそういうと、ムギは顔を動かさず、すっと目だけを庭のほうに動かした。

その障子の外から「これが我が家の蔵でございます」と宗高に説明している勘吉の声が聞こえた。

ムギの頬が吊ったようにひくっと動いた。

ムギが口を開く前に、障子が開き、縁側から宗高と勘吉が部屋に戻ってきた。

あたりの気がゆらぐのを咲耶は感じた。

勘吉は長細い桐箱《きりばこ》を抱えていた。長さは一尺ほどだろうか。

腰をおろした勘吉は桐箱を前におく。

「先立って手に入れた香木、楠《くすのき》でございます」

勘吉が箱を結んでいた真田紐《さなだひも》をはずすと、空気の震えが強くなった。

びりびりと音がしはじめ、細かな棘《とげ》でさされているような痛みが咲耶の肌に走る。

蓋《ふた》を開けたとたん、かぐわしい匂いが勢いよくあふれ出した。同時に、閃光《せんこう》が走り、咲耶は思わず目を閉じた。

「ほぉ〜、素晴らしい香りですな」

「知り合いの船問屋が特別に分けてくれまして」

宗高と勘吉は何ということもなく話を進めている。

「香木の問屋を介さずに。なるほどそういうこともあるんですな……」

「ごくごくまれでございますが。なんでも南のほうの土地のあまり人の入らないところにあった楠だそうです」

　おそるおそる咲耶が目を開けると、薄暗い部屋に気が渦を巻いているのが見えた。

「師走に手に入れたものといえば、この香木だけで。年も明けましたので、これから店に出そうと思っております。金に糸目はつけないので、多めに譲ってほしいといってくださる方もおりますけれど、香木との出会いは一期一会《いちごいちえ》。同じものは二度と手に入りません。ですので、少しずつお売りするつもりです」

「出会いは一期一会。なるほど、風雅《ふうが》なものですね」

　宗高と勘吉は部屋で起きている異変にまったく気づいていない。

　ムギは胸を押さえていた。その指が小刻みに打ち震えている。

　気の渦は激しさを増し、今や嵐のような荒々しい音をさせていた。

　咲耶は、気が刃《やいば》をふりあげている気がした。

　気を放っているのは、箱の中に収められた楠の香木だ。

　子どもの頃、祖母の蔦の葉から聞いた話が不意に咲耶の胸に蘇《よみがえ》った。

　妖だとは思えないほど穏やかで優しい祖母は、不思議な話をたくさん知っていて、咲耶によく語ってくれた。

　――世の中には、特別な場所がありますのんや。そういうとこからは、落葉や草、小枝、小石ひとつさえ、持ち帰ってきてはあきません。

――なんで、あかんの？

――何かを持ち出した者は不幸に見舞われる。持ち帰った先の土地にも大嵐が来たり、地震が起きたり、災厄に襲われてしまうん。神さまが怒らはるんやろな。

――神さまが怒るの？ 神さまは人を助けてくれると思ってたのに。

――優しい神さまでも、大事にしているものをとられたり、約束を違《たが》えたりされたら怒らはります。とにかく、ここはあかんといわれたら、何ひとつ触ったらあかん。ましてや持ち帰ったりしてはあかんよ。

　この香木はその類《たぐ》いではないか。

「その船問屋さんは、この香木をどうやって手に入れられたんでしょう」

　咲耶が尋ねると、勘吉の眉がくもった。

「それが南としか……今にして思うと、分けてもらったときにちゃんと聞いておけばよかった。まさかあんなことになるとは思わなかったもので」

「何かあったんですか」

　勘吉は目を伏せ、その船問屋は品川《しながわ》の《中島屋《なかじまや》》だったといった。

「うっ」「ええっ」と、宗高と咲耶がうめいた。

年末、品川で大火事があり、多くの人が師走の寒空に焼け出された。その火元が中島屋だった。

「中島屋さんとは親父の代からのおつきあいで、荷の中に香木があると、よく声をかけてくれました。……あの火事で何もかも焼けてしまって、今は向島《むこうじま》の寮でひっそりと暮らしておられます。旦那さんは体を悪くしてもう起き上がることさえできないとか。船問屋の再興はもう無理でしょう。あれほど大きな商いを続けてきなさったのに」

勘吉が気の毒そうにいった。

この香木の由来をつきとめなければという気持ちがますます強くなる。咲耶はひざを進めた。

「香木を運んできた船は中島屋さんのものだったんですか」

自《みずか》ら船を持ち、運送からすべてを行なう船問屋も多いが、廻船《かいせん》の積み荷の集荷だけを行なう船問屋もある。

「積んできたのは《馬場屋《ばばや》》三郎兵衛《さぶろうべえ》さんの若杉丸《わかすぎまる》と聞いています」

「馬場屋三郎兵衛さんといいますと？」

「本湊町《ほんみなとちょう》の……」

「そのお店にお聞きすれば、香木をどこで手に入れたかわかるんですね」

勘吉は苦い顔で首を横にふる。

「若杉丸は次の航海で沈んだんですよ。日向《ひゅうが》の港で突然、船が傾《かたむ》き、あっというまに海の中にひきずりこまれてしまったとか。港でしたから水夫《すいふ》たちは海に飛び込んだりして九死に一生を得たそうですが。悪いことは重なるもので、その後、馬場屋三郎兵衛さんのもう一隻の船も沈みまして」

「二隻も？」

「持ち船すべてが」

馬場屋三郎兵衛に残ったのは莫大《ばくだい》な借財だけだった。

船がなくては商いは立ちゆかない。借財を返す術《すべ》もない。

馬場屋三郎兵衛一家は大晦日に夜逃げをしたと、勘吉は苦いものをのみこむような顔でいった。

「その後の行方はわかりません」

中島屋は火を出し、町まで焼いた。

香木を運んできた若杉丸は遠くの港で沈んだ。

中島屋も馬場屋も店を失い、再興のめどもつかない。

災厄《さいやく》と不幸が香木の周りで連鎖している。

「も、もしかして……この楠が障りを起こしているのでは」

宗高が顔を上げ、重々しく口にした。

だが、勘吉はいやいやと首をふる。

「偶然でしょう。そういうことも世の中には……」

「偶然と片付けていいのでしょうか」

「二軒の店はたまたま不幸に見舞われましたが、今、香木を持っている私はぴんぴんしておりますし、店の商いも変わりございません。この楠のせいではありますまい」

勘吉の目が爛々《らんらん》と光っている。勘吉が楠の香木に魅《み》せられ、まるでとり憑《つ》かれているように見えなくもない。

「私にとってこの楠は……一生に二度とない千載一遇《せんざいいちぐう》の出会いでございます。長く商売をしてまいりましたが、こんな深い香りの楠と出会ったのははじめてでした。私の手元に来たなんて、信じられない思いでおります。この香木があれば、苦労をかけたムギにようやく楽をさせることもできましょう。……やはりなんとしてでも蘭奢待を手に入れ、ムギの体を治さなければ」

「夢というのは不思議なもので、正夢もありますれば、逆《さか》さ夢もございます。心の奥に抱えた願望が夢となって現われることもあるといわれます。本当にその夢がお告げなのかどうか……。勘吉さんを惑《まど》わせるものもあるんです。私はやはり中島屋さんと馬場屋さんのことが気になります。そんな不幸が立て続けに起こったというのがどうにも」

　勘吉は宗高をにらんだ。

「すべてを楠のせいにする気か。だから蔵を見せるのはいやだったんだ。この楠を奪おうったって、そうはいかない」

　暗い光を目に宿して勘吉がつぶやく。

「旦那さま、私は大丈夫です。こうして養生していれば、きっと」

　胸を押さえ、肩で息をしているムギの肩に手をまわし、勘吉はいたわるように見つめる。

「もしかしたら、最上の香木はこの楠ではないかとも思うんですよ。この楠の香りが、おムギに仇《あだ》なす悪い気を祓ってくれるのではないか、と。しかし、ムギがいやがる……」

「以前は楠の匂いも好きだったんですけど、この香木は匂いが強すぎて、かえって体が悪くなりそうな気がして」

「またそんなことを……素晴らしい匂いでしょう。宗高さん」

勘吉は苦い顔で宗高に話を向ける。

「文句なしの薫香《くんこう》だと」

「聞香《もんこう》では右に出る者のいないおムギがこの匂いを嫌う理由がわからん。……おムギ、おまえは験《げん》をかつぎすぎなんだ。中島屋さんや馬場屋さんがいけなくなったのはこの香木のせいではない。だから、うちがそうなるはずはない。よしんばそうだとしても、この香木はうちに障りをもたらしてなどいないじゃないか」

勘吉は自分にも言い聞かせるように、厳しい口調でたたみかけた。

この香木は八角堂には悪さをしないと勘吉はいっているが、楠からは怒りの気が発せられている。

勘吉と家、店のすべてに祟《たた》らずにはおかないような強烈な怒りだ。

もしかしたら、ムギは今、その怒りを自分の身ひとつに引き受けているのではないか。

小さな体を投げ出し、この怒りを祟りを、必死に受け止めているのではないか。

体がみるみる衰弱していっているのはそのためではないか。

「そこまでおムギがいうなら、この楠を神主さんに祓ってもらおうか」

不意《ふい》に勘吉がいった。

「祓う？　祓うことなど……」

できないとムギは勘吉にいいかけたが、それを宗高がさえぎる。

「ぜひそうさせてください」

宗高はやっと出番が来たとばかり、にっこり笑う。

ムギの病平癒のご祈禱を行なったにもかかわらず、ムギが悪化しているという負い目もあるのだろう。

今度こそ祈りを届けようという思いが、宗高の表情にみなぎっている。

咲耶は頭を抱えたくなった。

相手は神さまかもしれない。

それも祟りをなす恐ろしい神だ。

とてもではないが、宗高の祈禱や咲耶の陰陽師の力で、太刀《たち》打《う》ちできる相手ではない。

その上、祈禱で楠とつながりができれば、宗高や咲耶、荒山神社にも神の祟りが及ぶかもしれない。いや、きっとそうなる。

　ムギは勘吉を必死に止めようとした。

「そんなことまでしなくても。香木が悪さをするわけはないと、旦那さまはずっといってらしたではございませんか」

「匂いをかぐと苦しくなるといったのはおムギ、おまえだ。せっかく宗高さんが祓ってくださるといっているんだ。お願いしようじゃないか。おまえの体がそれでよくなれば万々歳《ばんばんざい》だ」

「私の体には、時薬《ときぐすり》がいちばんです」

「おまえに一刻も早く元気になってほしいんだよ」

　咲耶も宗高を止めようとした。

「宗高さん、おムギさんの気が乗らないようなのにご祈禱を執り行なっていいんでしょうか」

「おムギさんの体のことを誰より心配している勘吉さんが望んでおられる」

「でも……」

「勘吉さんの気持ちがわかるんだ。咲耶がおムギさんのような病になったらと思うと見ていられない」

「大事なご祈禱ですから、一度家に戻り、精進潔斎《しょうじんけっさい》をして、改めて伺《うかが》ったほうがいいんじゃないでしょうか。今ではなく、日をおいて」

「困っている勘吉さんとおムギさんの力になれることなら、なんでもしたいじゃないか。思い立ったが吉日というだろう」

宗高はがんとして譲らない。

どころか、儚《はかな》げに佇んでいるムギの前に行き、その顔をのぞきこみ、「おかみさんがご心配なさることはなにもありませんよ」などと熱心に説《と》く。

ムギが別嬪《べっぴん》だからといって、女房の咲耶の前でそこまで甘い顔を見せなくても、と、ふてくされたくなるところだが、それどころではなかった。

命がけの祈禱になる。相手は大火事を引き起こし、大きな船を簡単に沈めてしまう力を持っているのだ。

だが咲耶やムギの不安をよそに、宗高はてきぱきと勘吉に指示をした。

「水と酒と塩、榊《さかき》をご用意ください」

「酒……買ってきます。角に酒屋がありますから。榊は庭に植えていますので、好きなだけ切ってください」

勘吉は飛び出していった。

宗高ひとりに祈禱をさせて祟り神の怒りが宗高に向かうのを咲耶はただ見ているわけにはいかなかった。

覚悟を決め、咲耶は額当《ひたいあて》をつけ、障子をすべて開け放った。

なんとしてでも、宗高を守りたい。その一念だった。

雪は激しさを増していた。雲が重く垂れ込め、白壁の蔵にも、庭の木々の上にも雪が降り積もって、まるで墨絵《すみえ》のように見える。

氷のように冷たい空気が部屋に入りこんできたが、楠の匂いは薄れはしなかった。

咲耶は風呂敷から鋏《はさみ》を取り出し、庭に出た。雪をはらうと緑の榊が現われた。鮮やかな緑が目にしみる。

木に神と書いて榊と読む。

神道《しんとう》において榊は神さまが降り立つ依《よ》り代《しろ》で、神さまと人の境にある境木《さかいぎ》だ。常に生《お》い茂《しげ》って葉が落ちることのない栄える木ともいわれる。

――宗高さんを、おムギさんを、勘吉さんをお守りくださいますように。

咲耶は祈りながら榊を切った。

勘吉は酒を買ってすぐに戻ってきた。

楠の香木の木箱を床の間におき、水と酒を入れた湯呑み、塩を盛った皿を並べ、四隅《よすみ》に紙垂《しで》を結んだ榊を立て、咲耶は神楽鈴を手にした。

宗高がおもむろに祓い串をふり、祓詞《はらえことば》をあげはじめた。

「掛けまくもかしこき伊邪那岐大神《いざなぎのおおみかみ》、
筑紫《ちくし》の日向《ひむか》の橘《たちばな》の小戸《おど》の阿波岐原《あわきがはら》に、
御禊祓《おんみそぎはら》へ給《たま》ひし時になりませる祓戸《はらえど》の大神《おおかみ》たち、
諸《もろ》の禍事《まがこと》・罪穢《つみけがれ》あらむをば、祓へ給ひ清め給へと
もうすことをきこしめせと、かしこみかしこみもうす〜」

祓詞のきれいな音、あたりを柔らかく震わせる響き……ゆるゆるとゆさぶられ、悪いものが心身から抜けていく……はずだった。

ぶんと空気がはりつめ、香木の木箱が中から光りはじめたと思いきや、再び強い閃光が咲耶の目を射貫《いぬ》いた。さきほどの閃光よりもっと強い。

思わず目を閉じた咲耶のまぶたの裏に見えたのは、緑と岩石におおわれた小さな島だった。

島の中央には三角形の山がそびえている。

四方を取り囲む海は真っ青だ。

白い波があらゆる方向から島に押し寄せている。

他の島影は見えない。孤島であった。

波に削られ下部がえぐれて、きのこのような形になった岩々が島を守るように海の中に幾重《いくえ》にも立っている。

風が吹いていた。さわさわと葉ずれの音が聞こえた。

山の頂上に、楠の巨木が立っていた。

その木の下にひとりの女の後ろ姿が見えた。

女は片方の手に錫杖《しやくじよう》のようなものを持ち、海を見ている。

身につけた練《ね》り絹の小袖が風に揺れている。

ほっそりと長い首。たおやかな、なで肩に柳腰《やなぎごし》。

ただ立っているだけなのに、限りなく典雅《てんが》だ。

だが咲耶の胸には、たとえようもない不安がふくれあがっていた。

人を寄せつけぬような緊張が、島を支配していたからだ。

シャラン！

不意に錫杖が鳴った。

シャラン！　シャラン！

音が海を渡り、空に上っていく。
女の指先、頭、背中、全身から金色の光が放たれた。
強烈な光に包まれ、たちまちその姿が見えなくなった。
なおも光は四方八方に広がり続ける。
咲耶の身体が震えはじめた。
人をひれ伏させずにはおかない荘厳さ、無尽蔵の力の放出に咲耶は圧倒されていた。
一介《いっかい》の人間が向き合うことなどできない至高の存在。神だ。
やがて、光の真ん中、渦の中心に一対の目が現われた。
完璧な形をした大きな目。
その目が、まばたきもせず咲耶を見据《みす》えている。
美しく、同時に、とてつもなくまがまがしい。
恐怖のあまりめまいがした。
そのときだ。咲耶の頭の中に雪崩《なだれ》のように声が流れこんできたのは。
——返せ！　島のものはすべて、私のものである。
やはり、香木は島から決して持ち出してはならないものだった。あの香木はこの島の神のものだった。

そのとたん、咲耶は息ができなくなった。

いくら空気を吸いこもうとしても、肺腑《はいふ》に何も入ってこない。陸《おか》に上がった魚のように口を開けてあがき、咲耶は喉をかきむしった。

かさりと咲耶の頬に何かがふれ、再び目を開けると、宗高が祓い串をふっている姿が見えた。頬にふれたのは、祓い串だ。

こちらの世界に戻ったのだと思った。

だが、夢を見ていたのではなかった。その証拠に咲耶は今も息ができない。

宗高の姿を見つめながら、咲耶は死にたくないと思った。

こんな死に方はいやだ。自分が死んだら、宗高だって、ムギや勘吉だって殺されてしまう。

咲耶は気を失いそうになりながら、陰陽道の呪文をつぶやきはじめた。

『青龍《せいりゅう》・白虎《びゃっこ》・朱雀《すざく》・玄武《げんぶ》・勾陳《こうちん》・帝台《ていだい》・文王《ぶんおう》・三台《さんたい》・玉女《ぎょくにょ》』

いつもなら神楽鈴をふりながら、空中に四縦五横の格子を描き、「即座に魔物よ立ち去れ。神の軍団がここを取り囲んでいる」と念じるところを「どうぞ、お怒りをお治めくださいい」に変えて一心に念じた。

咲耶の祈りを拒むように、部屋に充満する気はいっそう猛々《たけだけ》しさを増していく。


これ以上何をすればいいのか。できることがあるのか。

息は苦しく、意識が朦朧《もうろう》としていく。

部屋に突風が巻き起こったのはそのときだ。

大風にあおられ、咲耶は畳にたたきつけられ、座っていたムギは仰向《あおむ》けに倒れ、勘吉は思わず手をつき、宗高がよろけ、烏帽子がひしゃげた。

神は怒りのままに、この四人に手をかけようとしているのだと覚悟した。

そのときだった。

「どうぞ怒りをお治めください。あの枝は、蒼《あお》い海に囲まれたあなたさまの島にお戻しいたします。私がきっとお届けいたします」

ムギの声が咲耶の耳の奥に響き渡った。ムギはもう一度つぶやく。

「必ず、お戻しいたします」

——誓うか。

あの声がまた聞こえた。

「誓います」

ムギがそういうと、風がやんだ。気の動きも止まった。

咲耶の肺腑に冷たい空気が入ってきた。

必死で神楽鈴をつかみ、咲耶は再び立ち上がる。

しゃらしゃらしゃら……。

咲耶のふる神楽鈴の音が響き、冬の光が帯《おび》になって、部屋に差しこんだ。

いつのまにか外の雪はやんでいた。

「おムギ、大丈夫か」

勘吉が声をかけると、ムギは自分で起き上がった。

「無事でございます」

「なんだったんだ。今の風は」

唇をかんだ勘吉を、ムギは気遣わしげに見つめる。

「旦那さまは大事ございませんか」

「おまえはいつもそうだ。自分のことより先に私の心配をして」

はにかむようにムギが微笑む。その頰にうっすら赤みが戻っていた。

宗高が咲耶に駆け寄った。宗高が自分の無事を確かめにきてくれたのが咲耶は
うれしかった。

宗高はそれからふりむいてムギを見た。

「少し顔色がよくなったように見えますが……」

「ご祈禱のおかげでしょうか。体が少し楽になったような気がします」

「もし、香木に悪いものがとり憑いていたなら、今の祈禱で祓えたのではないでしょうか。それが香木から放たれ、風を起こしたとは思えませんか、宗高さん」

感慨《かんがい》深げにいった勘吉に、宗高は「そうであればいいのですが」とうなずいた。

咲耶の目には涙が浮かんでいた。

死にかけた。でも死ななかった。

宗高にも咲耶にも祟り神はとり憑いていない。

それはムギのおかげだ。

だが、ムギは神さまに約束をしてしまった。

決して違えることができない約束を神と取り交わしてしまった。

「疲れただろう。おムギ、横になったらいい」

勘吉はムギに優しい目を向けた。

「ええ。少し休みます」

寝所に戻ろうとしたムギに咲耶は声をかけた。

「ちょっとだけ、お話しさせてもらっていい？」

ムギがうなずく。

ふたりは屏風で隔《へだ》てた奥の間に入った。

茶の間では、宗高と勘吉が神さまに捧げた酒を黙って呑みかわしている。神さまに捧げた御神酒《おみき》は、祈禱の参加者でいただくのが作法であるからだ。

「おムギさん、あなた……」

「私がこの楠を戻してまいります」

ムギは布団の上に正座し、きっぱりといった。

「おムギさんにも見えたんですね。あの島が」

「咲耶さんにも」

「どこにある島かもわからないのに」

「南の……日向の先でしょうか」

楠を運んできた若杉丸が沈んだのは日向だった。日向は九州の地だ。

「この楠が、行くべきところを教えてくれるのではないかと」

「でも弱った体で？　そんな遠くまで……」

「私が楠を届けるまでは、神さまもあの人に手を出さずにいてくれましょう。私を生かしてもくれましょう」

ムギはふっと口元をほころばせ、遠い目をした。

「楠を無事に戻した後はどうなるのでしょう。戻ってこられるのでしょうか。万が一、戻ってこられたとして、あの人は私をこの家に入れてくれますかどうか。あの人はこれを決して手放したくないと思っていますもの。それを私が勝手に持ち出してしまったら……私のことを恨み、許さないかもしれない」

「香木とおムギさんを比べるような人じゃないですよ、勘吉さんは。でも……」

咲耶はムギの耳に手をあて、ささやく。ムギがうなずいた。

「きっと、そういたしましょう」

咲耶は胸元から取り出した式札にふ〜っと息をかけ念じると、ムギの手に握らせた。

「道中の無事を守ってくれるように願をかけました。万が一、物騒《ぶっそう》なことが起きたら、呪文を唱《とな》えて式神を使ってください。神さまから守ることはできませんが、他のことでしたらきっと役立ってくれます」

さらに陰陽師の『青龍・白虎・朱雀・玄武・勾陳……』の呪文を教え、咲耶は勘吉の楠への妄執《もうしゅう》から救われるように願をかけた。

「おムギさん、京に着いたら、私の祖父母の家を訪ねてください。桂川を辿《たど》っていった先にある里に住んでいます。祖母は妖狐・蔦の葉、祖父は陰陽師。きっとおムギさんの力になってくれるはずです」

「ぜひそうさせていただきます。あの……こんなときに、つかぬことをお聞きしますが、もしかして咲耶さん、おミヤさん、ご存じですか？　化け猫の」

ムギからミヤの名が出て、咲耶は驚いた。同じ猫の妖でも、ムギとミヤはつきあいなどないように思えたからだ。

「ええ。うちの長屋に住んで、親しくしていますよ」

「おミヤさんに伝言をお願いしたいんです。年末に、おミヤさんからねだられて、マタタビを分けてさしあげたんですが、そのマタタビには、うっかりすると人から猫に戻りかねないほど強い力があるようで……」

咲耶はぎょっとした。

「鳥追いの三味線の音で踊りだしたりもするくらい？」

「猫それぞれですけど、そんなこともあるかもしれません。……気をつけてほしいとお伝えいただけますか。もっと先にいわなくてはいけなかったのに、私、寝込んでそのままになってしまって」

「お安い御用です」

「これで心置きなく旅立つことができます」

ムギはそういって、小引き出しから翡翠のかんざしを取り出し、髪にすっとさした。見事なひとつ玉の翡翠だった。

「おムギさん、それ……」

「あの人が買い戻してくれたんです。天龍さまもきっと味方してくれましょう」

それからムギは顔をなでるように手を動かした。

麦の穂のような毛色のすらりとした猫が、手で顔を洗っている姿が二重写しになる。

「お気をつけて。必ず戻ってきてくださいね」

「はい。必ず」

ムギはふわりと笑った。

◇◆◇◆

「おムギのヤツ、そんなものをよくも私に」

ミヤにマタタビのことを伝えると、ミヤは目を糸のように細めた。

「自分がおムギさんに、くれ、くれとしつこくいって、ぶんどるようにしてもらってきたくせに」

「三吉、あんたは踊りだしたことがないからそんなことをいってられんのよ」

ミヤに毒づかれても、三吉は冷静さを失わない。

「早く捨てなよ、そんなもん。あぶなっかしいったらありゃしねえ」

「いやよ。もったいない」

「もらったんだろ。元手がかかってないんだし」

「ちょっぴり使えばいいってことでしょ。削って他の化け猫に少しずつ売りつけようっと」

「ほかの化け猫がこのマタタビのせいで踊りだしたらどうするの。大騒ぎになっちゃうわよ」

さすがに黙っていられず、咲耶は口をはさんだ。

「だから、ちょっとずつ売るっていってるじゃない」

「削っている間にまた踊りだしちまうよ」

「削るのはあたしじゃないもん。あんた。三吉よ」

「ごめんだね。そんなことの片棒《かたぼう》かつぐわけにはいかないよ」

「じゃ、咲耶さん」

「冗談じゃないわ」

ミヤはぷっと頬をふくらませ、ミノを見た。

先日、咲耶はカメムシに化けたミノを風で吹き飛ばしてしまった。

だが、ミノはそんなことを忘れたような顔をしていた。宗高にひっついたことを咲耶に詫《わ》びようともしない。すでに治ったのか、かすり傷ひとつ見当たらない。

「じゃ、おミノさん。頼める?」

「あいよ」

ミヤが差し出したマタタビをうけとるや、ミノは土間におり、つっかけをひっかけ、外に飛び出した。

「どこに行くの。何をするつもり！」

ミヤが毛を逆立てて追いかけるが、ミノは止まらない。

厠《かわや》まで駆けていったミノは手をふりあげ、マタタビを便壺《べんつぼ》に放り投げた。

「どうして！　私のマタタビを！」

怒りの声をあげて殴《なぐ》りかかったミヤの腕をミノがふりむきざま、ひょいとつかみ、地面に叩きつけた。

「欲の皮をつっぱらかすのも大概《たいがい》にしな！　はた迷惑なんだよ。自分が便壺に放りこまれなかっただけでもありがたいと思え」

低い声ですごむや、ミノは荷物をまとめた風呂敷を背に背負い、「お邪魔さま！」と、戸を叩きつけ出て行ってしまった。

咲耶はあとを追ったが、通りには風が渦を巻いているだけ。ミノの姿はもうどこにもなかった。


翌朝、勘吉が血相《けっそう》を変えて走ってきた。

「ムギが出て行きました。この文をおいて」

――この楠を、あるべきところに戻しに行ってまいります。そうしなければ悪いことがおまえさまにも起きるような気がしてならないのです。

おまえさまが大切にしているものを勝手にすることを許してください。

届け終えましたら、また家に戻ってきてもいいでしょうか。

もしそんな私を許してくれるなら、榊の枝を店の前に飾ってください――

「あんな体で。あの楠がどこでとれたものかもわからないのに。私を残してひとりで行くなんて。私はどうやって生きていけばいいのか……」

勘吉の目と鼻の先が赤くなっている。

「この文を信じてよろしいのではないですか。今日から店の前に榊を飾ってあげてください。榊は神さまの木。勘吉さんがおムギさんを思って飾る榊が、おムギさんを守ってくれるのではないでしょうか」

まっとうなことを滔々《とうとう》と述《の》べる宗高を、咲耶はうっとりと見つめた。

「な、咲耶」

「ええ。宗高さんのおっしゃる通り」

宗高は人がいいだけの男と思われがちだが、こんな風にものすごく頼もしいときもある。

ムギに、勘吉宛ての文を書き残しておくようにいったのは、咲耶だった。

「今の私にとって大切なのは、おムギです。あいつの無事を祈って過ごしますよ」

勘吉の口からは、香木が惜しいというような言葉はひとことも出なかった。

その日の夕方からまた白いものがちらつきはじめた。

雪が音を吸いこむからか、しんという音が聞こえそうなほど、静かな夜だった。

「おムギさん、通行手形を持っていたんだろうか」

宗高が不意にいった。

女が江戸を出て旅するには、女の身元や、旅の目的、行き先、髪形、身長、特徴などが細かく記載された関所通行手形がなくてはならない。それなくして関所は越えられなかった。

「お持ちだったんじゃないですか」

「でも突然、旅に出たんだぜ」

「おムギさん、賢《かしこ》い人ですもの。手形もなしに出て行きませんでしょ」

「ま、そうか」

しばらく考えこみ、また宗高は口を開いた。

「手持ちの金はそっくり残っていたって勘吉さんいってただろ。旅に出れば、宿代など金がかかるだろうに。おムギさん、まさか野宿なんてしないよな」

「雪がふっているんですよ。それにあんなにきれいな人が野宿なんて……」

「雪女でもなければ無理だよな」

「おムギさん、勘吉さんと暮らす前は香道のお師匠さんをなさっていたから、多少なりともご自分のものをお持ちだったんじゃないでしょうか」

ムギは妖なので、関所など通らなくてもすむ。

人よりはるかに強い存在であり、追いはぎに遭ったら、襲ってきたほうの心配をするべきなのだ。

だが、宗高が夢中でムギの話をするのはやはり咲耶としてはおもしろくない。

「おムギさんのことは私も気がかりですけど、宗高さんがこれほど人のご心配をするって、これまでになかったんじゃありません？　まあ、おムギさんほど別嬪で、健気《けなげ》で勇気がある人なんて、そうそういませんけど」

咲耶が眉をあげると、宗高はあたふたと弁解しはじめた。

「おムギさんがいくらきれいでも、咲耶には及ばぬ……ではないか」

そんなことはない。はるかに及ばぬ。

「ただ……おムギさんはわかっていたんじゃないかと思ってな」

「わかっているって何を？」

「祈禱の途中で突風が吹いただろ。あのとき、実は香木から殺気のようなものを感じたんだよ。香木を扱った船問屋が火事で焼け、一家は離散。運んだ船も沈んだと聞いたからかもしれないが。……冷たい風にあおられながら、香木が、八角堂にも勘吉さんやおムギさんに、仇《あだ》なそうとしているんじゃないかと思った。咲耶はそんな気がしなかったか？」

「そういわれればそんな気が……」

「おムギさんもそう思ったんじゃないか。きっと勘吉さんも。だから、あの文を読んで、勘吉さんは納得できたような気がするんだ。香木に対する執着も消えていたようだし」

見えない世界が見えないのに、宗高は好きという一点突破で、想像力と勘を働かせて、こうしてものごとの本質をつかむのだ。

それから、宗高はぽつんといった。

「おムギさん、ほんとに勘吉さんに惚《ほ》れているんだな」

咲耶の胸に、楠の香木が入った桐箱を背中に背負って雪の中を走っている薄茶の猫の姿が浮かんだ。

「遠い南の島にあの楠を返しに行くなんて、誰にでもできることじゃありませんものね」

「ん？　島なのか？　あの楠の出どころは」

咲耶はあわてて口を手でおおった。

「島？　あら私、島なんていいましたか」

「いったよ」

「島かなぁって思ったから口走っちゃったんでしょうか」

わざとらしく瞬《まばた》きを繰り返しながら咲耶は言い添える。

宗高は、香木が見せた島の風景を目にしてはいない。楠の出どころが島だとは知らないのだ。

それから宗高は咲耶を抱き寄せ、臆面《おくめん》もなくいった。

「咲耶のためなら、私も、南の島だろうが何だろうが楠を戻しに行くよ」

「私も宗高さんのためならどこにまでもまいりますわ。島だろうがなんだろうが」

宗高は咲耶の目をのぞきこむ。

「そういうときには二人で行こうな」

「はい。ご一緒に」

咲耶は「おムギさん、がんばって」と思いながら、宗高の胸に顔をうずめた。


翌日、三吉が顔を出した。ミヤは元気を取り戻し、さっそく昨晩から居酒屋の《マスや》で再び働きだしたという。

「ご心配をおかけしました」

「おミノさんは、あれっきり？」

宗高の目を狙っていたミノが本当にいなくなったのか確かめずにいられなかった。

「ええ。よかったんですよ、これで。もうすぐ如月《きさらぎ》（二月）だから。どっちにしても二月八日の物忌《ものい》みの前には帰ってもらうつもりだったから」

「物忌みの日になにかあるの？」

「その日、箕借り婆は人の目玉を借りに行くんです。箕借り婆に狙われたら誰も太刀打ちできやしません。なんせあの力ですから」

なんだその日だけだったのかと思いつつ、改めて箕借り婆が姿を消してよかったと咲耶は改めて胸をなでおろした。

「そうそう。今朝、八角堂の前を通りかかったら、榊の枝が飾られていましたよ。あれ、なんのまじないですかね」

「榊、飾ってあったんだ」

ムギの話をすると、三吉はムギが戻ってくるまで毎日、無事であるよう拝むことにするといった。

「妖の鑑《かがみ》ですね」

「ほんとに」

今朝は雪もあがり、澄んだ空が広がっている。積もった雪を渡ってくる風は手を切るように冷たいけれど、心が洗われるようだ。

いつか、そう遠くないうちに、ムギが元気に帰ってきそうな気がした。

「早く春が来ないかな」

「年が明けたばかりなのに、咲耶さん、気が早すぎですよ」

咲耶は微笑みながらきれいな冬空を見上げた。

第二話：梅香る日に

◇◆◇◆

咲耶《さくや》の母・豊菊《とよぎく》は結局、睦月《むつき》（一月）中には一度も顔を出さなかった。

豊菊は気まぐれで、人の事情などおかまいなし、自分の都合が最優先なので、それはそれでいいのだが、年末に咲耶が出した文《ふみ》にも未《いま》だ返信はない。

人と人を結ぶ硯《すずり》の付喪神《つくもがみ》・ぼたんに勧《すす》められて、ぼたんの宿る硯ですった墨《すみ》で数年ぶりに書いた手紙だった。

ぼたんの力もあの母には及ばなかったのかもしれないと思ったそのとき――。

きらきらと光が部屋の中に舞い踊り、カカカカという高笑いとともに、どろろんと豊菊が姿を現わした。

髪を横にぐいっとはり、上にあげた髪とともに頭のてっぺんで結わえ、後ろに長く下げるおすべらかしに、白粉《おしろい》で真っ白にした顔、額《ひたい》にはぽわんと墨で描かれた丸い眉《まゆ》、紅《べに》でわざとらしく小さく描いたおちょぼ口。

長袴《ながばかま》に何枚も着物を重ね、派手な黄緑の表着《おもてぎ》をはおり、その上に市松《いちまつ》模様の綿入《わたい》れを着込み、胸には大きな扇《おうぎ》を抱えている。

ときどき、姿がゆがむのは、本物の豊菊は京にいて、この姿は式神《しきがみ》を仕込んだ式札《しきふだ》が見せているものだからだ。

うかつにも、豊菊のことを考えたりしたから、豊菊を招いてしまったのではないかと、咲耶は唇《くちびる》をかみ、「落ち着け」と自分を励《はげ》まし、居住《いず》まいを正してお辞儀《じぎ》をした。

「おたあはん。お久しゅうございます」

「それをいうなら、どうぞ今年もよろしゅうお願いします。みなさま、おそろいあそばしまして、ご機嫌よろしゅうございますか。……やないんか」

現われて早々、豊菊はいちゃもんつけからはじめた。

「京言葉は挨拶《あいさつ》に始まり挨拶に終わるよしと、あてが口をすっぱくしていうとったのに、おうちはすっかり忘れてしもとるんやなかろうな」

「へえ、それは失礼申しました」

逆らうと面倒なので、咲耶はとりあえず豊菊に話を合わせた。今さら、新年の挨拶もないだろうと思ったのだが。

「こちらはお天気で、ほんまお天道《てんと》さんちゅうもんはありがたいどすなぁ。ひなびた江戸をせめて照らしてやりまひょいうお心遣いや」

「そっちは雪どすか」

「雪景色が、しっとりときれいえ。風情《ふぜい》が違いますな」

「あったかそうな綿入れですこと」

「中に温石《おんじゃく》を仕込んどりますん。せやからぽっかぽか」

温石はお湯などで温めた石、いわゆるカイロである。

豊菊はずるずると歩きながら鼻をならし、公家《くげ》の雅《みやび》な正月について語りだした。

「元旦《がんたん》は辰《たつ》の刻（午前八時）から紫宸殿《ししんでん》で朝賀《ちょうが》の儀式が執《と》りおこなわれ、続いて元日節会《せちえ》がありましてな。おとうはんは一日、帝《みかど》とともに過ごされましたん」

これだけ聞くと、父の典明《のりあき》が帝と昵懇《じっこん》の間柄のようだが、陰陽師《おんみょうじ》は、摂家《せっけ》、清華家《せいがけ》、大臣家《だいじんけ》、羽林家《うりんけ》、名家《めいか》の下の半家《はんけ》で、いわば公家のぺーぺーの平役。儀式や宴《うたげ》では末席と決まっている。

「二日と三日は、ぎょうさん挨拶に見えられて……入り口の井桁《いげた》には扇箱の山ができましたわ」

正月の公家の挨拶には扇箱に入れた扇を持参するのが習《なら》わしだ。受け取った家では箱のまま積み重ね、来客の多さを競うのが、京の嫌みな風習のひとつである。

来客の少ない家では、自分で買った扇箱を積み上げたりもする。

豊菊が数年前に買った扇箱を正月のたびに取り出して並べているのを、咲耶は知っていた。

「訪ねてくる人がみな、おうちのこと、どないしなはってるかと聞きはって。ええ縁談もあるよってまたまいりますわ、ゆうてくれた人もおったわ。って、どんな縁談かわかりまへんがな」

豊菊は咲耶と宗高のことをいまだに認めておらず、京に戻って、将来の有望な陰陽師と結婚しろとしつこく言い続けている。だが舞いこんだ縁談にいちゃもんつけずにはおかないのも豊菊である。

伝説の陰陽師といわれた自分の父親が地位も名誉も一切合切《いっさいがっさい》投げ捨て、里に隠《いん》遁《とん》したのを、豊菊は悔しくもったいなく思い、年頃になるや、女官として宮中に伺候《しこう》し、典明を見つけ、婿《むこ》入りさせた。

こう見えて豊菊は、陰陽師・一条《いちじょう》家を復活させたやり手の女なのだ。

それから豊菊は、烏丸《からすま》家の次男十九歳が超絶美男子な上、作る和歌も艶《つや》っぽく、「今、業平《なりひら》」といわれ、公家の妻女の話題を一身に集めているという話をしだした。

「今、業平？」

「在原《ありわらの》業平ですがな」

『源氏物語』の主人公の光源氏《ひかるげんじ》は業平を手本にして書かれたといわれる。出会う女という女が好きにならずにはいられない色っぽい男である上、業平はこの女と思えばためらいのかけらもなく声をかけ、まめまめしくふるまい、恋の世界に誘う。歌の名手でもあった。

「六歌仙《ろっかせん》のひとりでしたっけ」

「僧正遍昭《そうじょうへんじょう》、文屋康秀《ふんやのやすひで》、喜撰法師《きせんほうし》、大伴黒主《おおとものくろぬし》、小野小町《おののこまち》とともに『六歌仙』に名を連《つら》ねてあらしゃります」

何百年も前の貴族にも豊菊は恭《うやうや》しく敬語を使う。確か、百人一首の業平の歌は豊菊の十八番《おはこ》だったと思った瞬間、豊菊が思い切り息をすいこんだ。

「ちはぁやぶるぅ～～～、神代《かみよ》もきかずぅ～～竜田《たった》ぁ川《がわ》ぁ～～～、からぁくれなゐぃにぃ～～、水くくるとぉおはぁ～～」

腹の底から声を絞り、豊菊は業平の歌を歌う。

紅葉の名所、竜田川を真っ赤に染まっている様子に、恋心をかけた、恋に生きる平安貴族ならではの歌である。

「けっこどすな」

いつまでもこんな話にはつきあっていられないと咲耶がしらけた声でつぶやいたとき、豊菊の後ろからかすかに声が聞こえ、豊菊がふりかえった。

「あ、お客？　えっ、羽林家の？　えらいこっちゃ。なんやろ。ほなな」

豊菊が綿入れをひるがえして駆けだしたところで姿がぷつっと消えた。

ほっと咲耶は胸をなでおろした。

姑《しゅうとめ》のキヨノもたいがいだが、実母の豊菊もいけずである。

一度など、不意《ふい》に訪ねてきた男に姿を目撃され化け物呼ばわりされたにもかかわらず、まったく懲《こ》りずに不意に姿を現わすわ、大声で和歌を詠《よ》むわ……。

とはいえ、豊菊の疲れを知らぬあの元気さと人の思惑《おもわく》など意に介《かい》さない図々《ずうずう》しさは、見習うべきところがあると感心せざるをえない。

◇◆◇◆

「じゃあ、行ってまいる」

宗元《むねもと》はその朝、出がけに、片方の目をつぶって、にっとキヨノに笑いかけた。切れ長の目がきらんと光り、目元に柔らかなシワが寄る。絵に描いたような渋い、いい男ぶりである。

キヨノの腕に、ぞわっと鳥肌《とりはだ》が立った。

一緒になって約三十年。宗元が、キヨノに目で合図をしたことがあっただろうか。キヨノは丹田《たんでん》に力をこめ、見間違いに決まっていると自分に言い聞かせた。

「みなさまには、明日の囲碁《いご》は休みますと必ずお伝えください。明後日《あさって》は初午《はつうま》ですから。参拝客は明日から見えますので、手伝ってもらわないと」

「ああ、わかっておる。キヨノ、本日、おまえは初午の用意か」

「ええまあ」

「ご苦労なことである。すまんな」

キヨノは思わず、げっとのけぞりそうになった。

宗元はこんなねぎらいの言葉を口にする人物だっただろうか。これまた空耳に違いない。

「では夕方には戻る」

きりっとした表情で宗元はいい、見送るキヨノの尻をそろりとなで、鼻唄を歌いながら出ていった。

宗元の姿が消えると、キヨノの口からほ～っと息がもれ出た。

このところ、宗元はどこかおかしい。

若い頃、役者にしたほうがよいと町の人々に噂《うわさ》された美丈夫《びじょうふ》ぶりは年輪を重ねても衰《おとろ》えを見せない。シワや白髪《しらが》が渋い味をかもしだし、若い頃よりもかえって男っぷりが上がったという者さえいるほどだ。

キヨノは娘時代、この宗元の見てくれに胸を焦《こ》がし、絶対に一緒になると心に誓い、宗元をひっかけるために、めかしこんで朝に夕に荒山《あらやま》神社にお参りに通った。

キヨノの実家は神田《かんだ》の袋物《ふくろもの》屋で、キヨノは総領娘だった。親や仲人《なこうど》が勧《すす》める縁談をあだこうだといって断ってはいたものの、キヨノに残されている自由な時間は多くはなかった。

宗元を狙っていたのは、キヨノのほかに五人、いや六人はいただろうか。あんな連中に負けるわけにはいかないとキヨノの持ち前の勝ち気さに火がついたのが運の尽きだった。

なんとか「一緒になってくれ」と宗元がいわざるをえない状況に持ち込み、見事、女房の座に座ったのだが、思えばあのときが幸せの絶頂だった。

宗元がこれほど極楽とんぼであると誰が想像しただろう。

神主《かんぬし》のいちばん大事な仕事は、神社内を清らかな状態に保つことである。つまり、一に掃除《そうじ》、二に掃除、三四がなくて、五に掃除だ。

だが宗元は四角いところをちゃちゃちゃちゃと丸く掃除して仕舞いにする。一事が万事、この通りだ。

人にまかせられることは人まかせにし、明日やれることは明日に持ち越す。日々はずっと続いていて、どこまでいっても明日があるとさえ言い放つ。

一緒になる前に鷹揚《おうよう》だと思っていたところは、いい加減の裏返しであったし、何でも笑ってうなずく態度は興味も中身もないということでもあった。

キヨノはいつしか宗元を叱咤激励《しったげきれい》するお目付役となり果てた。キヨノがそうしなければ、荒山神社はとても立ちゆかなかっただろう。

見目麗《みめうるわ》しい頼りがいのある男と寄り添い、おしどりのように仲良く穏やかに生きるという、キヨノの夢は砕《くだ》け散った。

若さには愚《おろ》かさがつきものだといわれるが、宗元の顔をずっと見ていられるなら何も怖くないと思った自分は、大甘だったたと思う。

宗元は、息子の宗高《むねたか》が修行から戻ってくると、待ってましたとばかり、宗高に神職を譲《ゆず》り、隠居暮らしをはじめた。

神職は神に仕《つか》える仕事であり、普通は生涯続けるものだ。元気でぴんぴんしているのに、五十がらみで隠居する神主などいやしない。

けれど、宗元は「大きな神社ならともかく、荒山神社のような小さな神社に神主ふたりは多すぎる。ふたりいたって、することがない」といい、「私は、忙しいときの手伝い神主でよろしいな」と遊び歩く日々を選んだ。

正月や七五三、例大祭などの祭りの日には、宗元はしぶしぶ烏帽子《えぼし》をかぶり、申し訳程度に神主役を務めるが、普段は宗高がいくら忙しそうにしていても見て見ぬふりを決めこんでいる。

今も相も変わらず、宗元は毎朝、握り飯を持って囲碁を打ちに仲間の家に通っている。帰宅すれば湯屋に行き、夕飯を食べ、キヨノのおしゃべりに気のない返事をし、就寝という日常である。

その宗元がなぜキヨノに向けて目をぱちぱちした？　笑った？

「ご苦労なことである。すまんな」なんて、ねぎらいみたいな言葉をほざいた？

ぶるっとキヨノは体を震わせた。

「風邪をひきそう……」

如月《きさらぎ》（二月）に入って、梅のつぼみがひとつふたつほころびかけたが、昨晩は再び雪がちらついた。今朝になって雪はやんだが、骨まで凍《こお》らせるような強い風が吹いていている。

「ぼーっとしてる暇なんてなかったんだ。用意、用意と」

キヨノは両手で頰《ほお》をぱんと叩《たた》くと、きびすを返した。

江戸では「伊勢屋《いせや》、稲荷《いなり》に、犬の糞《くそ》」といわれるほど、稲荷社が祀《まつ》られている。

初午は二月最初の午の日に行なわれる稲荷社のお祭りだ。

荒山神社の境内《けいだい》にも小さな稲荷社があり、明日から参拝人が押し寄せる。

「咲耶、いる？」

キヨノが別宅に向かって声をかけると、「あ、はぁ〜い」とのんきな声が返ってきて、咲耶が早足で駆けてくるのが見えた。

なにやら京の偉《えら》い人からの紹介だというので引き受けた娘だったが、いつもにこにこしているわりに何を考えているかわからないところがあって、来たときから気に入らなかった。

まさか、宗高をたぶらかすなどとは露《つゆ》ほども思わず、奉公させることにしたのは、キヨノ、一生の不覚である。

宗高は宗元の息子と思えぬほどくそまじめだ。宗高がまじめなのは自分譲《ゆず》りだろう。見目麗しいのは、悔しいが父親の宗元似だ。

ぼんくらと揶揄《やゆ》されるほど人がいいのは、誰に似たのか見当《けんとう》もつかない。

この自慢の息子を、どこの馬の骨かわからぬ咲耶がかっさらったというのが、キヨノは未だに口惜しくてならなかった。

咲耶の親はどういうつもりでいるのだろう。

嫁入《よめい》りに際し、挨拶の文を寄越《よこ》したのは祖父だった。盆暮れの歳暮《せいぼ》も祖父の名前で送ってくる。

だが父母からはなしのつぶてだ。

キヨノが宗高の花嫁第一候補と考えていたのは、遠縁の紙問屋の娘・花世《はなよ》だった。

花世は、頭のねじが一、二本抜けているような上《うわ》っ滑《すべ》りなところがあるが、親は金持ちだし、何よりキヨノのいうことに素直に耳を傾《かたむ》ける。それだけでも、咲耶よりはずんとましである。

今からでも遅くない。咲耶と宗高が夫婦《めおと》分かれをしたら、花世を後釜《あとがま》に据えなければと思っているが、宗高はすっかり咲耶に骨抜きだ。

「お姑《かあ》さま、何の御用でしょうか」

腰まである豊かな髪をきりっと後ろで束ね、白の小袖《こそで》に緋色《ひいろ》の袴姿の咲耶がにこっと笑った。咲耶は色っぽい美人ではないが、笑うと愛嬌《あいきょう》がないこともない。

「明日は初午。わかっておりますね」

「はい。そうですね」

「幟《のぼり》には火のしを」

「あてました」

咲耶のすました顔を、キヨノは思わず二度見した。

「全部にきっちり？」

「あてました」

人の言葉をさえぎってとくとくと咲耶がいう。余裕の笑顔が小面憎《こづらにく》い。

「他になにか？」

何か咲耶にいってやろうと思うのに、何も思いつかないなんて。これも宗元に調子を乱されたからだとキヨノは拳《こぶし》を握りしめる。

「何かありましたら、おっしゃってくださいね。宗高さんのお手伝いをしていますので」

へへっと笑って咲耶が駆《か》けていく。悔しさと情けなさがキヨノの胸でむらむらとふくれあがった。

「境内を走るな！」

気がつくと、キヨノは咲耶に向けてドスの利《き》いた声で怒鳴《どな》っていた。

「あ、いけな〜い。失礼いたしました」

ふり返りもせずに咲耶がいう。

反省など一寸もしていないことがありありだ。

宗高が咲耶と一緒になるといったときも、宗元はてんで頼りにならなかった。

このあたりの土地に根付いた、出自《しゅつじ》のしっかりした、持参金もたんとある、従順な花世をもらうことが、荒山神社の発展のためにもなり、宗高の助けにもなると、キヨノは日頃から宗元に口が酸っぱくなるほどいっていた。

そのたびに宗元は「まったくおまえの言う通りだ。おまえに間違いはない」とうなずいていた。

だが咲耶の話が持ち上がると、宗元は「好きにしたらいい」といってのけた。宗元がキヨノに繰り返していた「おまえの言う通りだ」は、例によって、ただの空《から》返事だった。

それにしても息子の宗高が、こんな咲耶にぞっこんになるなんて。宗高はどうして変わってしまったのだろう。

宗高はこんな子は見たことがないと氏子《うじこ》たちが口を揃《そろ》えるほど、それはそれはかわいらしい子だった。姿形だけではない。素直でよく笑い、賢《かしこ》くもあった。

ただ幼いころは病《やまい》がちで、しょっちゅう、風邪をひいては寝込んでいた。

宗高が五つになった春、医師があとは神に祈るだけだと匙《さじ》を投げたほど、重くしつこい風邪をひき、生死の境を行ったり来たりした。キヨノは寝ずに看病を続けた。やっとのことで熱がひいたとき、どれだけ安堵《あんど》したことか。

その後一転して、宗高は丈夫《じょうぶ》になり、病気らしい病気をしなくなった。

宗高は前にも増してほがらかになり、神さまのことを知りたがり、宗元が唱《とな》える祓詞《はらえことば》をいつのまにか空《そら》で覚えた。

キヨノは宗高ひとりしか子どもは授からず、口さがない氏子たちからは「次の子は？」「ひとりじゃ寂しいよ」など気に障ることも散々《さんざん》いわれたが、宗高がいるだけで、キヨノは十分幸せだった。

母親にとっては文句のつけようもない息子だったのだ。

年頃になり、宗元が勧めた、たやすくしのげる形ばかりの修行場ではなく、手心を加えず、厳しいことで知られる熊野《くまの》の修行場に赴《おもむ》くことを宗高が自ら選んだときには驚いた。

気の優しいこの子がなぜ険《けわ》しい道を選ぶのかわからなかった。心配がつのり、幾夜もキヨノは枕《まくら》を涙でぬらした。

――つらくてもうだめだと思ったら、帰ってきていいから。今からでも遅くないわよ。お父上さまが修行したところに変えた方がいいんじゃない。

――大丈夫だよ。とにかくがんばってくる。神さまの声がちゃんと聞ける神主になりたいんだ。母上も、どうぞお元気で。私の帰りを待っていてください。

ようやく待ち焦《こ》がれたその日が来て、宗高がやっと帰宅したときの喜びといったらなかった。

背が伸び、たくましくなった宗高は、以後、神社の一切を引き受けてくれた。毎朝、精進潔斎《しょうじんけっさい》し、境内から本殿まで常に清らかに整え、氏子たちにかわいがられ、少しずつ信頼もされるようになり、また宗高と自分の蜜月《みつげつ》の日々が再びはじまったとキヨノは心を躍《おど》らせた。

それが半年やそこらで、「私は咲耶と一緒になります。これが私の幸せであり、運命です」などと熱に浮かされたようにいうとは。キヨノにとって、青天の霹靂《へきれき》だった。

変わったといえば、咲耶もそうだ。

神社の雑用や巫女《みこ》仕事をやっている上に、女中もいないのに、宗高との住まいである別宅をいつもきれいにしているし、夕餉《ゆうげ》のおかずもうちより一品多い。といって、咲耶が床をみがいているところを見たこともないし、へっついの前で汗を流しているのを見たこともない。

宗高と一緒になる前、咲耶はキヨノの住む本宅に居候《いそうろう》していた。

もたもたと掃除をする娘だった。大根を切る手つきだってあぶなっかしく、味噌汁《みそしる》が甘かったり辛かったりした。

裁縫《さいほう》は下手《へた》なんてものではなく、縫《ぬ》い目はばらばら。古参《こさん》の女中のはまが「あんなに不器用な娘がいるんですね」と嘆《なげ》いたくらいだ。

宗高と一緒になったとたん、すべてを見事に仕上げるようになったのが、キヨノは不思議でならない。

昨秋、つるし柿を作らせたときのことを、キヨノは思い出した。

久しぶりに咲耶の仕事ぶりを見ようと、しばらく目を光らせていたのだが……ひとつの柿をむくのに、あれほど時間がかかるとは、驚きのあまりあごが外れそうになった。

結局、見かねた宗高が手伝った。いや、宗高が手伝うように咲耶がしむけた。

これがまた咲耶に輪《わ》をかけて下手くそで、ふたりして分厚く皮をむいたせいか、つるし柿はみな小さめになってしまったのが、つくづく口惜しい。

咲耶は器用なのか不器用なのか。

本当はなんでもできるのに、サボろうとして、あるいは誰かに手伝わそうとして、もたもたとわざと下手なふりをしているのか。

こしゃくなまねをしてと、腹が立つ。

「咲耶、もう少し紐《ひも》をひっぱって」

「はぁ～い。これでいいですかぁ」

「うまいぞ。そこできっちり結んで」

境内の先からかすかに宗高と咲耶の声が聞こえた。

縁側からのぞくと、ふたりは長い竹竿《たけざお》に幟を紐で結びつけていた。

これらの幟は氏子から奉納されたもので、長さは六尺（約一・八メートル）、幅は一・五尺（約四十五センチメートル）。朱《しゅ》の地色に「正一位《しょういちい》稲荷大明神」と白抜きされている。幟の数はざっと三十はくだらない。

まるで新品のようにびしっと火のしをかけた幟が、稲荷社のまわりに次々に立ち並んでいく。

幟の布に火のしをあてるのはきつい仕事だ。

咲耶はいつ、火のしをあてたのだろう。その姿をキヨノは一度も目にしていないことに気がついた。

「確か、昨年までは何日もかけて準備していたんじゃ……。幟に火のしをあてるのが、こんなに骨が折れるなんてとかなんとかぼやいていたはず。加減を間違えて、焦《こ》がした幟だって二枚ほどあった。……それがなんで、すべての幟がのり付けをしたかのようにシワ一つなく仕上がっているの？　……おかしい。何かがおかしい」

キヨノが低い声でぶつぶつつぶやく。

「おはまに確かめてみなくちゃ」

はまはキヨノが嫁《とつ》いだ頃から、荒山神社に奉公していて、以来ずっとキヨノの影のように黙々《もくもく》と立ち働いている。

◇◆◇◆

寒空に真っ赤な幟が風を受けてぴらぴらとひるがえる様を咲耶は満足げに見つめた。

ふと視線を感じてふりむくと、本宅の縁側にキヨノが立っていた。キヨノはこちらをにらむように見ている。

このところ、キヨノがちょっとおかしい。

いやな予感がした。

仏頂面《ぶっちょうづら》は相変わらずだが、口から生まれたようなキヨノの嫌みが今日は勢いがなかった。

「他になにか」などと咲耶がいおうものなら、今までのキヨノなら雨霰《あめあられ》の如《ごと》く小言を繰り出してくるものなのに、まさかキヨノが言い淀み、黙りこむとは思わなかった。

だから、去り際、「境内を走るな」と怒鳴られたときには、逆にほっとしてしまったのだ。文句をいわずじまいで悔しくなって怒鳴ったわけで、それでこそキヨノだった。

しばらくしてキヨノは外に出てきた。キヨノは顔を強《こわ》ばらせたまま、つかつかと近づいてくると、咲耶の前に仁王《におう》立《だ》ちになった。

「咲耶、この幟全部に、火のしをひとりでかけたの？」

前置きなしにキヨノはずけりといった。

咲耶はぎくっと首をすくめた。

幟は分厚い布でできている上、一年しまいっぱなしにして深い折りジワがついていた。咲耶が三十枚もの幟に火のしをあて、シワをきっちり伸ばそうとしたら、どれほど時がかかるかわかったものではない。

火のしをかけたのは、式神を仕込んだ式札だ。

式神が、幟に濡れ手ぬぐいをあて、火のついた炭を入れた火のしを幟にぎゅっと押しつけて一枚一枚仕上げたのだ。

「……はい」

キヨノの眉がつりあがった。

「おはまに聞いたんだけど、幟を納戸《なんど》から出したのは、昨日の朝だってね。で、昨日の午後は、確か咲耶は、社務所で三婆の相手をしてた……いつ、この幟に火のしをあてたんだい？」

次々に釘《くぎ》を打ちつけるようにキヨノはいう。

しまったと咲耶は唇をかんだ。

「これまでは火のしに三、四日、いや、五、六日もかけていたじゃないの、それも夜なべまでして」

キヨノは舌鋒《ぜっぽう》を弱めず、鬼の首をとったようにかさにかかって言い募《つの》る。

「母上、咲耶は大変だなどとおくびにも出さず、なんでもしゃきしゃきやってのけるんですよ」

宗高の言葉にみるみるキヨノの目がつりあがった。宗高が咲耶をかばおうとしたのは、逆効果だった。

「長年、私もやってきたことだから、何十枚もの幟に火のしをかけるのが、どれだけ骨が折れることか、身にしみてます。咲耶の火のしの腕も、この目でとっくりと見て知っている。たった一日でこれだけの幟に火のしをあて終えるなんて、どう考えてもできるはずがない。実際、一日も間がなかったんだし」

咲耶は白目をむきそうだった。

絶体絶命だ。反論も何も思いつかない。

言葉もなくつっ立っている咲耶をキヨノはじろりと見て、ふんと鼻をならす。

「宗高に手伝わせた?」

「母上、ですから咲耶がひとりで……」

宗高の言葉はまたもや途中でさえぎられた。

「まさか私に断りもなく、人を雇い入れたんじゃないでしょうね。……さもなくば、妖術でも使わない限り、こんなにきれいに火のしをあてることはできやしません」

あんぐりと宗高の口が開いた。

「母上、妖術などと。神に仕《つか》える家の者が……」

「咲耶、どうやって火のしをあてたのか、白状なさい」

キヨノはますますいきり立った。

そのとき「咲耶さ〜ん」という三吉の声がした。

ミヤと三吉が鳥居をくぐるのが見えた。三吉は駆け寄ると、キヨノと宗高に軽く会釈《えしゃく》し、鉢に山盛りの油揚げを「はい」と咲耶に差し出した。

「ありがとう」

礼をいう咲耶の声がかすれた。気持ちは動転したままだ。

さっきたまたま見かけた三吉とミヤに、初午でお供《そな》え物にする油揚げを買ってきてくれと頼んだことも、今の今まですっかり頭から抜け落ちていた。

キヨノも、ふたりの出現でさすがにしばし口を閉じた。

この間に、何か方便《ほうべん》を考えなければと咲耶は頭を巡らせた。

考えろ。

さもなくば時間を稼《かせ》げ。

咲耶はいつもより上等な笑顔を浮かべ、油揚げをゆっくり受け取った。

「三吉、おミヤさん、ほんとに助かったわ」

「まったく、ただだと思って、気楽に手伝わせて」

三吉の後ろでミヤが頰《ほお》を膨《ふく》らませている。腕を組み、横を向いて、ミヤはキヨノに挨拶もしない。

「油揚げを買うくらいたいしたことじゃないだろ。そこの豆腐屋で売っているんだから」

三吉はミヤをいさめるようにいう。

「それなら自分で買いに行けばいいじゃない」

「幟を立てなきゃいけなくて、咲耶さんは手を離せなかったんだよ」

「初午は明後日なんだから、明日、買えばいいじゃない」

「姉ちゃん、参拝客は明日から来るんだよ。それに明日は忙しくて、咲耶さん、買い物に行くどころじゃない。もひとついえば、明日は朝からいなり寿司を作らなきゃなんないんだよ」

キヨノの目が鈍《にぶ》く光り、咲耶を一瞥《いちべつ》する。

「もしかして、長屋住まいのこの子たちに手伝わせた？」

その手があったかと、咲耶は手を打ちたくなった。

「え、ええ。いつも気持ちよく手伝ってくれるんです」

渡りに舟と、咲耶は三吉とミヤに作り笑いを向ける。

キヨノはじろりとふたりを見すえた。

「……咲耶を手伝っていただいて、どうも」

　三吉は察しよくキヨノに頭を下げたが、ミヤはぶすっとしたままだ。ミヤは口うるさいキヨノが大嫌いなのだ。

「手伝いなんかしてませんよ。なんで私がそんなこと。これは特別」

「こういう人なんです。慎《つつし》み深くて」

　咲耶はあわてて言い添える。

　三吉はさっさと退散した方がいいと思ったらしく、ミヤの手をぐいっと引いた。

「姉ちゃん、帰ろう。咲耶さん、忙しそうだから」

「なんでひっぱってんのよ。離しなさいよ」

「それじゃまた」

「離せってば」

　もみあいながらふたりは鳥居をくぐっていく。

「あのふたりに手伝わせた？　けど、あんなのに手伝ってもらったところで、はかがいくとは思えない……やっぱりおかしい」

　キヨノのつぶやきが咲耶の耳にはっきり届いた。

　頭をひねりながら本宅に戻っていくキヨノの後ろ姿を見つめながら、咲耶の背が粟立《あわだ》った。

キヨノを甘く見ていた。

咲耶が式神使いであることは、誰にも知られてはならない。

中でもいちばん気をつけなければならないのはキヨノだった。

咲耶が式神使いだとばれたら、キヨノは周章狼狽《しゅうしょうろうばい》し、大騒ぎをするに決まっている。キヨノは陰陽師など、妖《あやかし》の仲間ほどにしか思っていないのだ。

これまで式神を使うときはつじつまが合うように咲耶も気を遣《つか》っていた。

だが幟の件はうかつすぎた。

女中のはまに、「幟は出しましたか」と昨朝、いわれるまで、咲耶は幟のことをとんと忘れていたのだ。

納戸から出した幟はどれもこれもシワだらけだった。年に一度のお祭りにシワだらけの幟を立てるわけにはいかず、咲耶は式神を使い、一気に幟に火のしをあててしまった。初午に間に合わせるにはそうするしかなかった。

咲耶が自力では絶対にできない量の仕事を式神にまかせてしまった。

「咲耶、すまんな。母上はどうかしている。こともあろうに、咲耶が妖術を使ったかなどといって」

「はぁ～、まあ」

妖術という言葉に、咲耶の頭がまたくらっとする。

キヨノは思いこみが激しく、思いこんだら最後、疑いの目で咲耶を見続けるに決まっていた。それがほぼ当たっているだけに始末が悪い。

「三吉とミヤには礼をいわねばならんな。火のしを手伝ってもらったんだろ」

「はあ～……いいですよ。礼なんて」

「ありがたいじゃないか」

「手伝ってないといいはるのがおちですから……」

三吉は話を合わせてくれそうだが、ミヤはかたくなに手伝っていないというに決まっている。

ミヤは、いい人、いい猫と思われるのは化け猫の名折れだと思っているふしがある。ミヤにとっていい化け猫とは、あきれ驚かれてなんぼなのだ。

「三吉は素直で礼儀正しくどこに出しても恥ずかしくないしっかりした少年だし、ミヤはぶっきらぼうに見えるが根は優しい……いいきょうだいだな。ほんとに」

「はぁ～」

宗高はくすっと笑う。

「さっきから咲耶は、はぁ〜、ばっかりだ」

咲耶の口からもう一度、息がもれ出た。

◇◆◇◆

初午の参拝は「福詣《ふくまい》り」とも呼ばれ、前日から大変な賑《にぎ》わいとなる。

なぜ初午が稲荷神社のお祭りの日かというと、穀物の神さまである稲荷大明神が稲荷山に鎮座《ちんざ》した日であるからだそうだ。

稲荷神の御利益《ごりやく》は多岐《たき》にわたり、五穀豊穣《ごこくほうじょう》はもちろん、商売繁盛《はんじょう》、家内安全、芸能上達などの守護神として江戸の人たちに信仰されている。

稲荷神の使い狐の好物が「油揚げ」なので、お供え物は油揚げと、すし飯を詰めたいなり寿司と決まっていた。

「晴れてよかったなぁ」

「いや、気持ちがいい」

稲荷神社の前で、珍しく宗高と宗元が並んで立っていた。

宗元は囲碁をしにいく日は早起きなのに、神主仕事の日はぐずぐずしてキヨノが急《せ》かさないと、床《とこ》から出ないし着替えもしない。

だが今朝《けさ》はどういうわけか、早起きして、神主の格好に身を整え、宗高とともに境内の掃除までした。

「父上、どうかなさいましたか」

「どうかしたとは？」

「いえ、お疲れではないですか？　隅々《すみずみ》まで掃除してくださって」

「気持ちがいいものだ。今朝、水をかぶったときに、心が澄《す》みきった気がしたよ。神社は神さまのいらっしゃる場所。心身も、境内・本殿もすべて清らかでなければな。そうであろう、宗高」

ほっほっほと笑って、社務所に向かう宗元を、宗高は啞然《あぜん》として見つめた。

生まれてこの方、こんな父親の姿は見たことがない。

掃除は見えるところだけ。

寒い朝に冷水を浴《あ》びて精進潔斎するなど言語道断《ごんごどうだん》。

「水など浴びたら心の臓が止まってしまう。そうなれば拝礼どころの話ではない」と言い訳をして、現役時代も湯で絞ったあったかい手ぬぐいで、ささっと体を拭いて済ませていたのだ。

隠居してからは、囲碁ばかりしていることが後ろめたいのか、さんざんキヨノに文句をいわれる日々を重ねてきたからなのか、いつだってどこかこそこそしていた。

それが今日の宗元は、物腰もすっきりとして品が良く、烏帽子をかぶって立つりゅうとした姿はさながら、絵巻に描かれた平安貴族のようだった。


昨日、キヨノに妖術だのと指摘されたことが咲耶の胸に重くのしかかっていたので、今朝は暗いうちから起きて式神を使わずに飯をたいた。

だが、お供え物のいなり寿司を作るというのに、ご飯に焦げを作ってしまったのが皮切りだった。焦ったために、味噌汁を沸騰《ふっとう》させ、風味を飛ばし、たくわんを切るついでに指まで切ってしまった。

京都では狐の耳にちなんで三角型だが、江戸のいなり寿司は米俵に見立てた俵形だ。きわめつきは、俵形の油揚げを開くときには指をつっこみすぎ、いくつもの油揚げに穴を開けてしまったことだった。

「咲耶さん、お茶、こぼしたよ」

社務所にいた三婆《さんばば》のウメが咲耶の耳元でいった。ウメに咲耶が差し出したお茶が茶托《ちゃたく》にこぼれている。

「とんだ不調法を。すぐに淹《い》れ直してきます」

「いいよ。茶托を拭けばいいだけだもの。布巾《ふきん》は？」

あわてて勝手から水でゆすいだ布巾を持ってきたが、拭こうとしたとたん、右肘《ひじ》をマツの湯呑《ゆの》みにぶつけ、こちらは派手にひっくりかえした。

「もう私ったら……」

こぼれたお茶をあわてて拭こうとした咲耶にマツがいった。

「布巾をこっちに貸して、ここはいいから、ほかの参拝客にお茶を出してあげて。みんな待ってるよ」

「あ、はい。すみません」

顔をあげると、社務所には、お茶を待っている氏子がいっぱいだった。

ずんずん咲耶の気持ちが沈んでいく。

昨日から何もかもうまくいかない。

ほっほっほという含み笑いに、ぎょっとしてふりむくと、宗元がすぐ後ろに立っていた。

「どうした。咲耶。憂《うれ》い顔ではないか。憂いにも趣《おもむき》があるが、咲耶にはやはり笑顔が似合うぞよ」

「お舅《とう》さま」

「何があったのか知らんが、元気を出しなさい。若い娘は笑っておればよい。それに本日は大切なお祀りの日だ」

それから宗元は、社務所の氏子に丁寧に挨拶して歩いた。

「まあ、宗元さん。お久しぶりですこと」

「烏帽子姿がよく似合って」

「若返ったようではありませんか」

三婆たちがわいわいはしゃぎだしたのは、宗元がいつになくとびきり感じがよかったからだ。

「そうおっしゃるおマツさんもおウメさんも、おツルさんもお若い。お孫さんがいるとは思えませんなぁ」

「いやだよぉ。うちなんかもう、玄孫《やしやご》がいるんだよ」

宗元は取り出した中啓《ちゆうけい》を口元に寄せる。中啓とは半開きの扇である。

「年とはなんですかな」

三婆が顔を見合わせる。宗元がおかしなことをいいだしたと思ったのだろう。

「生まれて何年たったかってことだよね」

「その年数の意味が人によって違うように思えてならないのですよ。年を重ねても、みなさまのように乙女《おとめ》の心を忘れぬ女人《にょにん》もいる……。それが世のおもしろさのひとつでございますかな」

またほっほっと笑い、宗元は別の氏子のところに挨拶に行ってしまった。

三婆は顔を見合わせた。

「乙女の心だって」

「お若いだって」

「世のおもしろさって何?」

「とにかくほめられたんじゃないの?」

しばらくして宗元は「みなさま」といって、初午の意義を話しはじめた。

「稲荷神は様々な願いを叶えてくれる身近な神さまでございます。鳥居をくぐるときから『願いが通りますように』と気持ちを込めて参拝なさってください。そして、祈りが通じ願いが叶いましたら、忘れずにお礼参りをなさってください。

稲荷神はお礼参りを特に大切に思う神さまなのです。でも、お礼の奉納は必ずしもうちの神社でなくてもいいんですよ。すべての神社は見えない糸でつながっておりますから。大事なのは心です。『ありがとうございました。おかげさまで願いが叶いました』と手を合わせましょう。そして賽銭箱《さいせんばこ》に、お気持ちをこめてお納めくださいい」

その姿を見て、三婆がまた首をかしげた。

「宗元さん、立派だ」

「ありがたい話もできる人だったんだ」

「たまげたね。こんなのはじめてだ」

宗元の話は続いている。

「稲荷神のお使いがお狐さまであるのはなぜでしょう。狐は農事が始まる春先から秋の収穫期にかけて里に降り、収穫が終わる頃に山へ戻っていきます。農事を見守る守り神だからです。ところで、私どもの稲荷神をお守りするお狐さまが、大きな鍵《かぎ》をくわえていることにお気づきになられましたでしょうか。この鍵は、何の鍵がおわかりになりますか。そう、それはそれは大きな蔵の鍵です。富貴《ふうき》、豊穣、諸願成就が入っている蔵の鍵です。初午に限らず、お狐さまには、油揚げやいなり寿司のお供えをあげてくださいませ。その気持ちが通じれば、お狐さまはいつだってみなさまに鍵を分けてくださいます。本日は、雪もあがり、本当によい日でございますなぁ。どうぞゆるりとなさっていってください」

そんな宗元を、キヨノは眉をひそめて見ていた。

キヨノと顔を合わせたくない咲耶は、そっと社務所から出て行こうとしたが、キヨノは咲耶の袖を後ろからぎゅっとつかんだ。

「今の、聞いていたでしょ」

「ええ。ここにおりましたので」

「うちの人が氏子の前であんな話をしたこと、これまでにあった?」

「さあ……」

「一度だってございません。……仕事をしたら損する。それがうちの人です。なのにあんなに生き生きと、水を得た魚のようにしゃべり、にこにこ感じよくして。おかしいっ。私の機嫌が悪くならないように、おべんちゃらを並べたてているのも妙だし」

去年の初午の日、キヨノのいうように、確かに宗元はいかにもつまらなそうにしていた。ときどき作り笑いをするのが精一杯で、さっさと一日が終わってくれないかという気持ちが透けて見えた。

正月だってそうだ。

社務所に顔を出し初詣客に軽く会釈をするやいなや、そそくさと奥に戻って行った。ふて寝をするために。

キヨノは拳を握り、きっと目を細める。

「……まさか浮気でも……」

「浮気？　なして」

「浮気をしている男はごまかそうとして、まじめを装《よそお》い、女房に優しくするというじゃない」

「まさか、おとうさまに限って」

宗元は面倒くさいのが大嫌いで、囲碁以外のほぼすべて何でも面倒くさがる。

いくらキャーキャー女に騒がれても、顔色一つ変えないのは、女など面倒くさいと思っているからである。

その宗元がキヨノの目を盗み、浮気をするなど、あひるが木のぼりをするくらいありえない。

だが、神さまの話をし、愛想《あいそ》良く三婆に話しかけていた姿を思い返すと、何が起きてもおかしくないという気もする。

「ここはいいから、うちの人のあとをつけて、何をしているか見てきてちょうだい。一挙手一投足、見落とさないように、目をよっく開いて。で、私に報告しなさい。さ。早く行って」

キヨノは咲耶の背中をどんと押した。

境内に出た宗元は、参拝に来た氏子たちにこれまた愛想良く挨拶してまわり、年寄りの手をひいてやり、若い女房や娘たちには笑顔をふりまいた。

天気はいいが風は冷たく、咲耶の体もどんどん冷えていく。だが、宗元は背筋を伸ばして立ち続けた。

見るに見かね、咲耶は家に戻ると、式札に温めさせた温石をふたつ、それぞれ手ぬぐいでくるんだ。

「おとうさま、寒さしのぎに、懐《ふところ》にいかがですか。温かいですよ」

「これはありがたい。咲耶は優しい。すぐれた女人じゃ」

咲耶の目をのぞきこむように見つめ、ふっと笑った。

長いまつげが影を作り、じいさんながらなかなか色っぽく、咲耶は自分でも驚いたことにどきっとした。

やがて日が陰りはじめた。

宗元は夕焼けに照らされた梅の木を見上げている。今日の天気で、一輪、紅梅《こうばい》がほころびはじめていた。梅の花には、桜とはまたひと味違った趣がある。

「おとうさま、そろそろ中にお入りになっては」

「風が強くなってきたな。咲耶は先に入っていなさい。わしもすぐに行く」

「はい。ではお先に」

社務所に咲耶が向かおうとしたとき、宗元の朗々《ろうろう》たる声があたりに響き渡った。

「梅の花ぁ　香《か》をのみ袖に　とどめおきてぇ～～～……」

思わず足を止め、ふりむいた咲耶は目をしばたたいた。

夕陽に照らされ、烏帽子に狩衣《かりぎぬ》をつけた宗元の姿がまるで影絵のように見えた。それは若い公家のような美しさだった。

「誰とも親しげに話していた？　感じよく？」

咲耶が宗元の様子を報告すると、キヨノは腕を組み、首をひねった。

「やっぱりおかしい……人との関わりあいを面倒くさがるはずなのに」

普通の人のあたり前は、宗元にとってはそうではなかった。

「他には」

「あ、あの夕方、和歌をお詠みになっていたようですが……」

「和歌？　あの人が？　なんでまた」

「紅梅を見上げられて……梅の花とかなんとか」

「ばかばかしい。そのままじゃないの」

梅の木の下で、「梅の花」と詠む。確かにキヨノの言う通り、そのままである。けれど、咲耶は、梅は何かを意味していると母・豊菊から聞いたことがあった。豊菊は若い頃、宮仕えをするために和歌を猛勉強したとかで、和歌には一家言持っていた。

だが梅の花の意味するところ――それが何だったのか、いくら頭をひねっても思い出せなかった。

豊菊は、幼い頃から咲耶には立派な公家を婿取りさせるべく、和歌、立花《たてばな》、香《こう》道《どう》など、なんだかんだと宮中のたしなみを教えこもうとした。

だが、豊菊はがみがみというばかり。それにうんざりして、どれも半端《はんぱ》で放り出してしまったことが、大人になった今となって悔やまれる。

寒い境内で何刻も宗元を見張ったというのに、キヨノからはご苦労さまのひとこともなかった。

◇◆◇◆

初午から三日がたった。

咲耶はこのところ式神を封印して、家事に取り組んでいる。

キヨノがときどきやってきては、咲耶の行動に目を光らせているからだ。

毎日昼寝をしていたのが、それどころではなくなり、咲耶の手の指は切り傷とあかぎれでぼろぼろになった。お菜の品数も少なくなり、味噌汁を作るのがやっとということさえある。

本日は社務所に次々に氏子が訪ねてきて、その相手や祈禱《きとう》の手伝いなどが目白押しで、本来なら朝に終わっているはずの掃除も、昼過ぎになっても手つかずのままだった。

やっと家に戻ってきて、境内に面した縁側を拭いていると、前掛けを外したキヨノが巾着《きんちゃく》を手に本宅から出てくるのが見えた。

「おかあさま、お出かけですか」

「ええ、ちょっとそこまで」

しめたと、笑みがもれ出そうな気持ちを隠し、咲耶は嫁の手本のように慎み深くいう。

「いってらっしゃいませ。どうぞごゆっくり」

「すぐに戻ってきます」

鬼の居ぬ間に骨休めをしようという咲耶の魂胆《こんたん》を見透《みす》かしたように、キヨノはぴしっと言い切った。

キヨノの姿が通りに消えたのを確かめると、咲耶は茶の間に戻り、障子《しょうじ》もふすまもぴしゃりと閉め、こたつに潜《もぐ》りこんだ。

疲れた……。咲耶のまぶたがくっつきそうだ。

そのとき光がきらきらと舞いはじめた。

「ごきげんよう」という声が聞こえ、目をあげると実母豊菊の仰々《ぎょうぎょう》しい姿が飛びこんできた。平安の頃の貴族の装束に大きな扇を持ち、真っ白に塗った顔におすべらかしというういつもの格好だ。

「おたあはん。こんなときに……」

咲耶の口からため息がもれ出る。

くたくたなのだ。

その上、キヨノはいつ戻ってくるかもわからない。

豊菊のこの姿を見られたら、大騒ぎになるのは火を見るより明らかだ。咲耶は妖術使いという烙印《らくいん》を押され、荒山神社から追い出されてしまうだろう。

だが、豊菊は咲耶がちゃんと相手をしないとかみついてくる上、嫌がらせのように長っ尻《ちり》になる。

「で、今日はなんの御用で……」

「おんや、いつもなら昼寝し終えて、のんびりおぶを飲まはってるころやないの。それが前掛けに姉《あね》さんかぶり、たすき掛けして、しんどそうな顔しはって。もしや、女中も式神も使わず、自分で掃除や洗濯しなはってるん?」

「これにはいろいろ事情があってね」

「あなおっとろしや。えらいこっちゃ。手ぇ、ぼろぼろやないか。手だけ見たら、十《とお》は老《ふ》けて見えはりまっせ」

「だからいろいろあるってゆうてるでしょう」

「帰ってくる気になったたんと違いますか。京にいたら、誰に気を遣うことなく、式神をちょいちょい使えるし。和歌を詠んだり、香を焚《た》いたりする暮らしが待っとりますがな」

娘に勢いがない分、豊菊は一段と押しつけがましくいう。

咲耶ははっと顔をあげた。

「和歌……そういえば、おたあはん。和歌、お好きやったな」

「ちょっとはたしなんでおります。人は歌姫とゆうてくれはります」

扇をぶわんと動かして、豊菊が得意気《とくいげ》にいった。

「和歌で梅の花というとき、なんや意味があるて、前にゆうてはったでしょ」

宗元が和歌を詠んでいたときのことを思い出しながらたずねた。

「梅の花は恋の歌によう使われますな。もっとも和歌は恋の仲立ちみたいなもんやから、おおかたが恋の歌やけど。まさか、梅の花の歌をもろた？　いやいや、江戸の田舎《いなか》で和歌を詠む雅《みやび》な男などおらんな」

それがおったのだ。

「で、梅の花は？」

「今でこそ、わてらは着物に香をたきしめているけんど、平安の昔、貴族の女人は梅の花を袖に入れて、香りを着物に移したそうえ。『梅の香をぉ〜〜〜　君にぃよそへてぇみるからにぃ〜〜〜　花のぉをり知る身ともなるかなぁ〜〜〜』」

突然、節《ふし》をつけて和歌を詠んだ豊菊を咲耶はあわてて制す。

「おたあはん、お願いどす。声を小さく。万が一人に見られたら、ばけもんだと思われますから」

「ば、ば、ばけもん！」

豊菊は頬を震わせたが、実際にたまたまここで出くわしてしまった男に化け物といわれたことがすでにある。

「でなんですかいな、その歌は？」

「和泉式部《いずみしきぶ》の有名な歌でっせ。梅の香りがあなたに重なり、梅の花の咲く時期を知る身となったでぇという意味や」

心持ち、豊菊の声が小さくなっている。

「なかなか色っぽいおすな」

「こんなんもありますぅ。『暮《く》ると明《あ》くとぉ～～　目《め》かれぬものをぉ～～　梅の花ぁ　いつの人まにうつろひぬらむ～～ん』紀貫之《きのつらゆき》や」

豊菊は声をさらに絞った。また化け物といわれるのは、豊菊とて嫌なのだろう。歌は得意分野なので、豊菊は気分良さそうに続ける。

「日暮れ、夜明けと見続けていたのに、梅の花はいつ、変わってしまったのだろうという意味や。ふられた歌やな」

「つくづく大げさどすな」

「つらい思いを甘美なものに変える、それが歌の力どすから。もっとあるで」

「もうけっこどす。おなかいっぱいになりました」

「で、梅の花がどないしたん？」

「梅の花ぁと歌っていた人がいたっちゅうだけなんやけど」

「勝手にしなはれやな」

「で、和歌っちゅうもん、なんも知らんのに作れるもんかいな」

「和歌は人の心と花鳥風月《かちょうふうげつ》を重ね合わせて詠《うた》うもんやからなぁ……そう簡単に作られてたまるかいな」

「なるほど」

「人の恋路なんかどうでもよろし。京にさっさと戻ってきて、恋でもなんでもしなはれ。あ〜〜、人形の術を解くんやなかった」

「人形の術？　もしかして帰って来なはれ人形？」

　じろりと豊菊がにらむ。

「大枚《たいまい》はたいたのに、おうちが仕舞いこんでおくしかないゆう文を寄越《よこ》しはったから、どこぞの見世物小屋にでも売られたらえらいこっちゃと思うてな、このあいだ……ゆうてへんかったか」

咲耶が文で、人形にかけた術を解いてもらうように頼んだのだ。

——豊菊が自分の幸せを思う気持ちはありがたいと思っている。可愛《かわい》らしい人形も豊菊が自分のために選んでくれたと思うと、よけいに愛《いと》おしい。けれど、蓋《ふた》を開ければたちまち「帰って来なはれ～」と豊菊の叫《さけ》び声が聞こえるのでは、蓋を固く閉め、結界を張って、仕舞いこんでおくしかない。ずっとこの家で隠し通すことができるかどうかも自信がない。人形にかけた術を解いてもらえないだろうか。この人形を飾っておきたいという自分の気持ちをわかってもらえないだろうか。

懇々《こんこん》と、咲耶は自分の思いを綴《つづ》った。

よりによって、こんな術をかけた人形を勝手に送りつけやがってどないしてくれるんやと、ふつふつとわきあがる憤《いきどお》りを押し隠し、咲耶は誠心誠意、文を綴った。

ぼたんの硯をもってしても、相手が豊菊では咲耶の気持ちが届くだろうかと、今の今まで半信半疑《はんしんはんぎ》だった。

それがなんと、願いが通じたとは。

さすがぼたんである。

「おおきに。うれしおす」

心を込めて咲耶はいったが、豊菊はじろりと見返す。

「今日はいやに素直やないか。なんか魂胆があるんやろ」

そのとき「咲耶！」というキヨノの声が外から聞こえた。

「年寄りの声が聞こえたような」

「おたあはんと同い年でっせ」

「あんなばあさんと一緒にするのはやめとくなはれ。気分悪。ほな」

どろろんと豊菊の姿が消えるやいなや、咲耶はあわてて外に出た。

キヨノが苦虫をかみつぶしたような顔で立っていた。

「宗高は？」

「今日は氏子さんのところに」

「帰ったらすぐに私のところに来るようにいって」

「何かありましたか？」

ふうっと鼻から息を吐き出し、キヨノは眉をひそめた。

「うちの人、今日、囲碁に行かなかったのよ。朝、いつものように出かけたのに」

昼過ぎに囲碁仲間の久松町《ひさまつちょう》の小笠原《おがさわら》家から「いらっしゃらないのは何ぞありましたか」と使いが来たという。

その後、社務所にお茶を飲みに来た氏子の三婆が、今朝、梅を見に湯島天神《ゆしまてんじん》に足を延ばしたら、宗元みたいな人がいたと話していた。

「まさかとは思ったけれど、さっき湯島天神まで行ってみたら、いたの。茶店《ちゃみせ》の腰掛けに座って、ぼ〜っと梅を見上げてるの。ため息なんかつきながら」

冬の日は短い。まもなく日が傾くだろう。

朝からこの時刻まで、梅を見ていたというのだろうか。

「囲碁に命をかけていたおとうさまが……なぜ？」

「それは私が訊《き》きたいわ。どうなってんだかまったく」

キヨノが本宅に戻ったので、この隙《すき》に式神を使おうと式札を取り出した瞬間、ぱたぱたと足音がして、またキヨノが戻ってきた。

ひやりとして、咲耶の動きが固まる。

「宗高と一緒に咲耶も来なさい。わかったわね」

「は、はい」

本当にキヨノが本宅に入ったのを確認すると、咲耶は唇をくちゅっと動かした。

きのこが水をはった中にぽちゃんと飛びこみ、湯浴みするようにゆらゆられ、くっついていた落ち葉などが下に落ちる。

さっぱりきれいになったきのこがまな板に飛びのるや、包丁が石突《いしづ》きをはずして適当な大きさに切り分けた。

湯通しした油揚げもひらひらに切り分けられる。

ざるに入った米はざっざっと音を立てながら、自らの体をこすり合わせる。

この間に引き終えられていた出汁《だし》に塩と醤油《しょうゆ》と砂糖が加わり、羽釜《はがま》の中に米、きのこ、油揚げと一緒に投入される。

やがて二番出汁ができるや、さっとゆでて面取りをした大根とがんもどきがその鍋にちゃぽんと入り、羽釜のへっついに火が入り、湯気とともにいい匂いがしてきた。

今日はまともな夕飯が食べられそうだった。

戻ってきた宗高と一緒に本宅に赴《おもむ》くと、キヨノは茶の間の長火鉢《ながひばち》の前に正座してふたりを待ち構えていた。

「湯島天神の梅の花を見上げて、はぁ〜なんてため息をついて……風流のふの字もない男が。どうかしてしまったんじゃないかしら」

「父上は、春になれば花が咲く。それが何か？という人ですよね……」

「でしょう。初午のときも早起きして、氏子にお祭りの意義を説《と》いたりして」

「氏子もみな恐ろしいものを見るような目をしていました。しかし神主としての自覚ができたといえばできたともいえるわけで……」

「自覚ができた？　まさか！　私が怒鳴り散らそうが泣いて頼もうが、いい加減な生き方を改めなかったのに。……がんばんなくていいんだよ、人間だもの、って。そういう人がどうして……」

「けれど母上、悪いことというわけではなく……」

「確かに。正気に戻れというのも、違う気がするし」

「もう少し様子を見ましょうか。また元に戻るかもしれません」

「戻った方がいいのかもわからないけど」

ちくりとキヨノが嫌みな言い方をしたとき、入り口のほうで物音がした。宗元だった。

「お帰りなさいませ」

「ただいま。今日も機嫌《きげん》良く過ごしたかな」

宗元は梅の枝を持っていた。

「わしが梅を見続けていたら、茶屋の娘が枝を切ってくれた。いとおかし」

「うちの梅も咲きはじめましたよ」

「ええ匂いじゃ」

「さ、ご飯にいたします。手を洗ってきてください」

「この梅の花、キヨノにしんぜよう。奥ゆかしく薫《かお》り高い梅はキヨノにぴったりじゃ……」

「やめてくださいよ。そんな心にもないことをいうのは」

キヨノはうんざりした顔でいなそうとしたが、宗元はひかない。

「恥ずかしがってからに。いくつになってもかわいらしいのう。今晩は笛でも吹いて聞かせよう」

宗元が懐から横笛を取り出した。キヨノの眉が中央にぐっと寄り、割れるのではないかと心配になるほど深い縦《たて》ジワが刻まれた。

「笛なんて吹けたんですか。初耳ですよ」

「いい笛があったので求めてまいった」

「結構な値段がしたでしょう。まったくそんな無駄遣いをして」

「おまえに聞かせたいのだ」

「……それなら、ご飯食べてください。あとから笛でも何でも聞きますから」

宗元の様子が不気味なのだろう。

だんだんキヨノの威勢が悪くなった。

別宅に戻り、宗高と咲耶も夕餉を囲みながら、宗元の話になった。

本日の夕飯は、きのこご飯に、大根とがんもどきの煮物だ。

「……病《やまい》ではないよな。あるいはぼけたとか。ぼけると性格が変わることがあるというだろう」

「おとうさまのおっしゃってることはつじつまが合いますし、いってみれば、これまでよりも立派になられているんですよ。気遣いも細《こま》やかになっていらっしゃいますし」

「まさか、何かがとり憑《つ》いたとか」

「とり憑くものといったら狐とか蛇とか、ひだる神《がみ》とか……」

箸《はし》を止めて、宗高が咲耶を見た。

「ひだる神って？」

「山に住んでるんです。山道で食べ物をねだり、もらえないとその人にとり憑くんです。とり憑かれた人は、食べても食べてもお腹がいっぱいにならない」

「それは違うな。では霊か？」

「霊ねぇ〜〜」

霊だって、簡単に人にとり憑くわけではない。人にとり憑くのは主《おも》に、自分が死んだことを理解できていないような霊、この世に思いを残して死んだ人の霊といわれる。

霊もまた、人と同じで、自分の気持ちを理解してくれそうな人を見分ける。従って狙われやすいのは、人にすぐに同情してしまいやすいとか、ものごとを悪い方にと考えてしまいがちな人やら、感情の起伏が極端に激しい人のようだ。

他人にはほぼ無関心で、囲碁以外には深入りせず、厄介《やっかい》ごとを避けまくり、波風に対しては無視を決めこむ宗元を、よりによって狙うわけがない。

宗高はきのこご飯を三杯おかわりした。

「うまい。今日の飯は焦《こ》げてないし、煮物の大根もほくほく。柔らかく、歯ごたえもちょうどいい」

二日前の煮込みすぎてべちゃべちゃ、筋だけが残った大根を思い出したのか、宗高は満足そうにいった。

あのとき、宗高はひとことも文句をいわずにきれいに食べてくれたが、やはり咲耶同様まずいと思ったのだろう。

食事の後片付けが終わったころ、笛の音《ね》が聞こえた。夜のしじまに、きれいな澄んだ笛の音が渡っていく。

「おとうさま、笛の名手だったんですね」

「どこで覚えたのか……」

「ここまで吹ける方はなかなかいらっしゃいませんよ」

ほんのり梅の花が香っていた。

◇◆◇◆

「梅の花が咲きはじめましたな」

「金《きん》ちゃん、何か、歌を詠ってくれない？」

朝から、付喪神の金太郎《きんたろう》とぼたんが仲良く話していた。

「ええよ。あ〜しがらやぁまのやぁまおくでぇ〜」

「金ちゃん、それもええけど、和歌、詠んでほしいわぁ。昨晩、きれいな笛の音がしたでしょう。あれを聴いてたら、雅な公家の世界を思い出しちゃって。和歌が懐かしくなったの。私の硯ですった墨で恋の歌がいくつも書かれたのよ」

「和歌っ！　ああ〜っ。そっちかいな」

百年以上生きている付喪神は、朝っぱらから臆面《おくめん》もなくいちゃいちゃしている。

ぼたんは百年どころではない。平安の昔の記憶がぼたんには刻まれているということは、もしかしたら千年だって生きているのかもしれない。

その年月の間に、硯は人の手から手へと渡ってきた。この硯を使って恋文を書くと、恋が成就するともいわれた筋金入りの付喪神である。

だからというわけでもあるまいが、ぼたんは金太郎を手の平の上で自在に転がしている。

「和歌は知らんねん。熊と相撲をとってばかりおったから」

「そんな無骨《ぶこつ》な金ちゃんが好き」

「でへ」

「けど、和歌を一首、詠んでくれたら、あたし……もっとくらくら」

けっこどすな！

咲耶は胸の中で、京言葉でつぶやき、勢いよくぱたぱたとはたきをかけた。京育ちだからか。京言葉に秘められる棘《とげ》が合うのか。こういうときは京言葉がしっくりくる。

雀《すずめ》の啼《な》く声が聞こえた。

「おはようさん。ええお天気だすな。なあ、和歌のこと、知ってるか。そっちは詠めるか」

金太郎が飛んできた入内雀《にゅうないすずめ》に声をかける。チュンチュンと入内雀がこたえると、ぼたんが驚いたような声を出した。

「さすが入内雀さんや。崇徳院《すとくいん》さまの歌やね。〝恋《こ》ひ死なばぇ〜〜　鳥ともなりて君がすむぅ〜〜　宿の梢にぃねぐら定めむ〜〜ん〟」

あなたに恋い焦がれて死んだならば、私は鳥となって、あなたが住む家の梢《こずえ》にねぐらを定めましょうという意味だが、朝っぱらからなんじゃらほいだ。

「ええなぁ。わても同じ気持ちや。ぼたんちゃん」

「うちらは同じ家に住んどるやないの。うふん」

「せやなぁ。こういうことを幸せというんやろうな。ぼたんちゃんが好きな和歌、教えてほしいわ」

「いっぱいあるわよ。たとえば……　〝恋ひわびぃ　しばしも寝ばやぁ　夢のうちにぃ　見ゆれば逢《あ》ひぬぅ　見ねば忘れぬぅ〜〜〜〟」

「……どういう意味やろか」

金太郎は付喪神といっても、元が力自慢の子どもの人形なので、曲がったことが嫌いで、思いこんだら百年目の気骨《きこつ》がある。

だが、その分だけ繊細な感情、ましてや繊細な表現にはうとい。

「あなたを恋しく思うことに疲れちゃったから、少し眠りたいわ。夢の中であなたに会えるかもしれないし。夢を見なかったら、その間だけはあなたのことを思う恋の苦しさを忘れられていられるもの、っていう意味」

「へぇ〜〜、そんな歌、もろたら、もろたほうもうれしくて寝られへんな」

「この歌、金ちゃんにあげる。小野小町の歌だけど」

「うれしいなぁ。ありがと。ぼたんちゃん。おいらもぼたんちゃんに何か返したいなぁ。入内雀、なんかないかいな」

チュンチュンチュンチュンと鳴き声がして、金太郎の目が輝いた。

「それがええ。んんっ」

一丁前《いっちょまえ》に咳払《せきばら》いをして、おもむろに金太郎は歌を詠んだ。

「〝きみによりぃ〜　思ひならひぬぅ世の中のぉ〜〜　人はこれをや恋といふらむ〜〜〜ん〟」

「きゃあ〜〜、胸がいっぱい」

ぼたんの黄色い声が響いた。

この歌は、あなたによって「思い」というものを学びました。世の中の人は、これを恋というのでしょうという意味である。

「在原業平さまの歌や。素敵！」

「ぼたんちゃん、業平はんってお人、知ってんの？　会うたことあるんか？」

「会うたことはあらへん。でも、水もしたたるような美男子で和歌がうまくて、もてもてで、優しくて、笛も上手で。光源氏の手本やいわれてたそうよ」

「光源氏ってほんまにおったんか。金箔《きんぱく》つきの女ったらしやろ」

「もう、金ちゃんたら。光源氏は源氏物語の中のお人。でも業平さまはこの世に生きた人。ただの遊び人やなくて仕事も一生懸命やってたのよ。今の頃合いだと……。〝梅の花ぁ　香をのみ袖に　とどめおきてぇ〜　わが思ふ人はぁ　訪れもせぬぅぅ〜〜〜。〟ちゅう歌も詠んではります」

「…………」

意味がわからないのか、金太郎の目が白黒している。

ぼたんはすぐさま解説する。

「梅の花の香が袖に残っているのに、いとしいあの人は訪ねてもくれないゆう意味ですわ」

「失恋の歌かいな」

「そういう歌を送って、好きや好きやってゆうてるんよ」

「乙《おつ》な世界やなぁ。ぼたんちゃん、おおきに。また勉強になりました」

チュンチュン。入内雀がばたばたっと飛びたっていく音がした。

ん？

咲耶は顔をあげた。もしかして、この間、宗元が「梅の花ぁ」と詠んでいたのは、この歌ではなかったのか。

業平の歌を、なぜ宗元が。

どう考えても結びつかない。

◇◆◇◆

キヨノはこの日、宗元につきあい、久松町の小笠原家に出かけた。

「なんで烏帽子をかぶっているんですか」

神職の仕事をする日だって、烏帽子などじゃまくさいという宗元がきりっと烏帽子を結び、狩衣まで着ている。

「男のたしなみではないか」

「みなさんびっくりしてますよ。今までは着流しだったんですから」

「似合うか?」

「似合うことには似合っていますけど、場違いでございます」

「そうか、似合うか」

宗元はキヨノの手をとるとそっとなでた。

「かわいい手じゃ。少し荒れておるのがまたいとおしい」

「何をやってんですよ。人前で」

あわててキヨノは手をふり払った。

囲碁を打ちながらも宗元はときどきちらちらキヨノを見て、中啓で口元を隠しながら目を細める。

思わせぶりに合図を送ってきているようで、居心地の悪いことこの上なく、キヨノはそのたびにあさってのほうを見た。

「本日は女房を連れてまいりましたゆえ、これで失礼いたします」

一局打ち終えると、宗元は頭を下げ、小笠原家をあとにした。

すたすたと歩いて行く宗元に遅れまいとキヨノが門を出たところ、小笠原があわてて追いかけてきた。

「どうしたのでござるか。いつもの宗元さんなら、どこをどうして負けたのか、ぶちぶち検証して、勝つまでしつこく対局を繰り返すのに。昨日も言伝《ことづて》もなしにおいでにならなかったし。体の調子でも悪いのでは？」

小笠原がキヨノに耳打ちする。

「そうかもしれません」

「……烏帽子をかぶって、狩衣を着て見えたのもはじめてでござる。いったい宗元さんは……」

「そのうち元に戻るかもしれませんので、そのときはまたよろしくお願いいたします」

殊勝《しゅしょう》に頭を下げたキヨノを、小笠原は驚いた顔で見た。

キヨノはこれまで宗元の囲碁仲間を、飯にたかるハエのように嫌っていて、旗本の小笠原にさえ、ツケツケしていたのだ。

宗元も変だが今日のキヨノも気味が悪いと、小笠原はふたりの後ろ姿を見送り、くわばらくわばらとつぶやいた。

「キヨノ、ちょっと寄っていこう」

汐見橋《しおみばし》まで来たところで、宗元がふりむいた。汐見橋を渡ればすぐ大丸新道《だいまるじんみち》で、呉服屋が並んでいる。

宗元は《上総屋《かずさや》》と書かれた暖簾《のれん》をくぐった。上総屋は絹物《きぬもの》を扱っていて、荒山神社で用いる白絹の小袖の類《たぐ》いはすべてこの店で買っている。

「いらっしゃいまし。おや、キヨノさんに宗元さん。どうなさいました。御用があれば伺《うかが》いましたのに」

中年の番頭が帳場から出てきた。

近ごろ、店前《たなまえ》売りの店も出てきたが、上総屋は従来通り、得意先の家を訪ねて商品を販売する「屋敷売り」の訪問販売を常としている。

「突然思い立ちましてな。キヨノに似合うもんを見せてもらえませんか」

えっとキヨノが目を見はる。

「……普段は店前売りはやっておりませんが、せっかくでございますから、どうぞ奥に」

「あの、私、着物なんて……」

目をしばたたかせながらキヨノはつぶやいた。一緒になってからこの方、宗元が買ってくれたのは、豆大福とせんべいくらいだ。

「おまえにはもっと華やかなものが似合う。いつも茶色だの鼠《ねずみ》色だの、地味な婆《ばば》くさいものを着て……」

「婆くさい？　茶色が地味？」

キヨノの頭の中で、かちんと小石がぶつかるような音がした。

江戸では四十八茶百鼠《しじゆうはつちやひやくねず》といって、茶と鼠色の微妙な色合いを楽しむことこそ粋《いき》とされる。

当初は奢侈《しやし》禁止令によって華やかな色を制限されたためだったが、粋をよしとする江戸では地味が尊《とうと》ばれ、派手なものは野暮《やぼ》とされる。渋好みは最高の褒《ほ》め言葉なのに、こともあろうに、婆くさいだなんて。

それも、着るものにはとんと無頓着《むとんちゃく》で、放っておいたら、何日も同じものを着て歩くような宗元にいわれる筋合いはない。

だいたいが何十年も一緒にいて、キヨノが何を着ようが関心のかけらも見せなかった人ではないか。

だが、宗元は、烏帽子をかぶったまま、呉服屋の奥に進み、座敷にゆったりと座った。

宗元はあぐらを組まず、ひな人形の男雛《おびな》のように両足の裏を密着させた。なんて変な格好だと口にしそうになったのを、キヨノはなんとか押しとどめた。

番頭が次から次に取り出すものには目もくれず、宗元は反物《たんもの》の山の一点を指さした。

「これがええ」

「さすがでございます」

番頭が反物を広げた。

紅梅を思わせる地色に、打出《うちで》の小槌《こづち》や、隠れ蓑《みの》、隠れ笠《がさ》、金嚢《きんのう》などの百の宝の吉祥《きっしょう》文様がふっくらと織りこまれている。

「丹後《たんご》ちりめんの最高級品でございます」

「キヨノ、肩にあててみい」

「でも……こんな……」

「いいからはよう」

番頭が立ち上がり、キヨノの肩から胸に反物をたらした。触れるとしっとりと肌に添うような柔らかさだ。

「よう映《うつ》る。これにしよう」

キヨノは声が出なかった。驚きで喉《のど》がつまってしまったかのようだ。

こんなきれいな色の反物を、宗元が自分に選んでくれるとは思わなかった。

唖然《あぜん》としているキヨノにかまわず、宗元は番頭に帯を見せるようにと促す。

「白地か銀地の、華やかな図案の帯がよいな」

「派手すぎますすよ」

キヨノの声がかすれた。

「派手ではない。奥ゆかしいのも時と場合によるぞ。キヨノ」

これは現実なのか。夢を見ているのか。

宗元はどうしたというのだろう。

それに……奥ゆかしい？　私が？

そんなことをいわれたことがあるだろうか。

出しゃばり、口やかましい、男勝《まさ》り……。

聞こえてくるのはそんな言葉ばかりだ。

頼りがいのない宗元と一緒になって、キヨノの押しの強さに拍車がかかった。いつのまにか、着る物さえ実《じつ》が何よりだと、丈夫で長持ちかどうかを第一に考えるようになっていた。

だが今、キヨノは娘時代を思い出していた。

色や柄、布の風合いにも胸おどらせていたころ。これを着たら、きっと可愛《かわい》らしく見えると着物を選んでいたころ。明日が来るのが楽しみだったころ……。

帯に続き、宗高は蘇芳《すおう》の八卦《はっかけ》、鶸《ひわ》色の帯締めなどを、次々に選んでいく。

「恐れ入りました。長いおつきあいをさせていただいていますが、宗元さまがキヨノさまの着物を選ばれるのははじめてではございませんか」

選んだものをすべて並べ、番頭が深くうなずき、続ける。

「典雅《てんが》なものばかりで、驚きました。いやはや、さすがでございます」

「キヨノのために作られたようなものばかりじゃ」

「キヨノさまはお幸せでございますね。ご自分のおかみさんやご新造《しんぞ》さまのために着物をお選びになさる旦那さまは、そうそういらっしゃいません」

番頭のえびす顔を見たとたん、キヨノは現実に引き戻された。

この着物、いくらするんだろう。この帯は？

八掛や帯締めもみな上等な品ばかりだ。

贅沢《ぜいたく》をしたいわけではない。

ではないが「いりません」となぜかいえない。

「なるべく早く仕上げて、届けておくれ」

「うけたまわりました。半月ほどいたしましたら、お届けにあがります」

ふたりを店の前まで見送った番頭が、一瞬、頭をひねっていた。

番頭も実はたまげていたのだろう。

帰り道、宗元は上機嫌だった。

「楽しみじゃな。キヨノがあの着物を着る日が……」

背に手をあて、宗元はキヨノの目をのぞきこむ。長いまつげに囲まれた宗元の
涼やかな目に、キヨノが映っていた。

「キヨノ。いつまでも私の傍《そば》にいておくれ」

宗元が耳元でつぶやく。キヨノの胸がきゅんと鳴った。

町の雑踏《ざっとう》の中で、こんなことを、この年で、この人ったら。

「おまえさえいれば、あとは何もいらん」

胸がいっぱいでキヨノは答えることができない。

私はこんな風に優しい気持ちで暮らしたかったのではないか。

そのとき馴染《なじ》みある声が背後から聞こえた。

「まあ、お二人揃って……」

ふり返ると、買い物帰りらしき咲耶がいた。

よりによってこんなときに、咲耶と会うとはついてないと、キヨノは舌打ちしたくなった。

「囲碁に行かれたものだとばかり。おとうさま、どうなさったんですか。烏帽子に狩衣姿で」

「この姿でなくては、落ち着かぬ」

「まあ……堅苦しいことはお嫌いだったのでは……」

「堅苦しい？　これが？」

「……おとうさま、まるで人が変わったような」

浮かれていたキヨノの気持ちが、咲耶のその一言で、す〜っと冷めていった。

人が変わったような……。本当にそうだ。

この宗元は、自分が知っている宗元とはまるっと違う。

こうあってほしかったと思う男ではあるが、三十年なじんだ男ではない。

凛々《りり》しく優雅でまめまめしく清潔で、キヨノの気をそらさないこんな男は宗元ではない。

宗元は、風呂は二日おきでも平気な男だ。毎朝ヒゲをそることさえ億劫《おっくう》がる。好きなことにはなにをおいても飛びつき、他は後回しだ。

子どもがそのまま年をとったみたいな、いってみれば、できそこないの大人《おとな》である。

でも、とキヨノは唇をひきしめた。

その瞬間、思いがけず、胸が熱くなった。

キヨノの心の内に突然、万華鏡《まんげきょう》が広がったみたいだった。

屈託《くったく》なく笑っている宗元、ふてくされたり、ねぼけたり、どこか照れくさそうにキヨノと目を合わせている宗元の顔が、次々に浮かんだ。宗元と過ごした日々がごちゃまぜになってあふれ出した。

常は、口をついて出るのは宗元への文句ばかりなのに、懐かしい思い出に包まれ、キヨノの胸が詰まった。

誰もが宗高を美男の宗元似だと褒めそやすことに喜びつつも、キヨノは一抹《いちまつ》の寂しさを感じていたころがある。そんなある日、宗元は不意にキヨノの手をとり、しげしげと見た。

そして「そっくりだな。宗高の手と。指の形も爪も全部」といった。改めてよく見ると、なるほど、どちらの指もどこかずんぐりしていて、ころんと丸いはまぐり爪だった。

「瓜《うり》ふたつだろう。まるで金太郎飴《あめ》だ」そういって、宗元はくくくっと笑いキヨノの手をそろっとなでた。

自分の指や爪の形を、宗元が知っていたことが、胸がきゅんとするほど嬉しかった。そちらは顔で、私は爪かという憎まれ口をいうことさえ忘れていた。

舅姑とうるさがたの氏子から「子どもはひとりで終わり？　子どもが授かりにくい性分《しょうぶん》の嫁とはねぇ」とキヨノが責められたとき、盾《たて》となってくれたのは宗元だった。「キヨノではなくわしのせいかもしれませんな……そんな気がしてきましたわ」とひょうひょうと異を唱《とな》えたのだ。まさか宗元が話をそっちに向けようとはキヨノでさえ思いつかなかった。

血相《けっそう》を変え唾《つば》を飛ばし「おまえではなくキヨノのせいにきまって……」といいかけた姑に、宗元は「いずれにしても神さまの思《おぼ》し召しでありますまいか。何はさてあれ、宗高に恵まれよかったよかった」とあっさり話をしまいにし、キヨノの肩をとんとたたいて微笑んだのだ。キヨノは救われた思いがした。

きつい嫁と氏子たちからいわれ、キヨノが柄にもなく落ちこんだときにも宗元はかばってくれた。「このままのキヨノでいい。何ひとつ変えることはない。人のいうことなど、気にするだけ損だ」と笑い飛ばした。

宗高が修行に出て、キヨノの心にぽっかり穴が空き、何もする気になれなくなったとき、宗元はキヨノの好きな豆大福を買ってきた。宗元は茶の間の火鉢の横に豆大福の入った袋をほいとおいていく。それが十日も続き、「おまえさま、もう私は大丈夫ですよ」とキヨノがいうと「そうか、わしも大福に飽いた」と苦笑して見せた。

宗高が三つの冬、風邪を引き、高熱のために、明け方に引きつけを起こしたときには、おろおろするキヨノに、宗元は「落ち着け。この子は死なん」といい、宗高を布団でくるむや抱き上げ、寝間着のまま医者に走って連れて行った。その晩も翌晩も、寝ずに看病するキヨノのそばに座り、居眠りしながらではあったが

「宗高、がんばれ」「大丈夫だ、キヨノ。明日は治る」と励まし続けてくれた。

興味がなければ縦のものを横にもしない横着な男だが、宗元の根の奥底は優しいことを、キヨノは知っている。しかつめらしいことが嫌いで、恩着せがましいところがなく、何をやるにしてもさりげなさすぎるので、何をしてもらったのか、気づかないこともあるほどだが、キヨノが沈んでいるとき困ったとき、手を差しのべてくれたのは、誰より宗元だった。

宗元はどんなときもキヨノのそばにいた。傍らでいつも笑みを浮かべ立っていた。

人生の大半をともに生きてきた宗元は、キヨノにとって、もはやもうひとりの愛おしい自分のようなものだ。

あの人はどこに行ったのだ。体だけを残して、どこに。

自信満々で薄笑いを浮かべている、目の前のこの男が、一転、キヨノは憎たらしく思えてきた。非の打ち所のない男など、おもしろくもなんともない。

私の宗元を、この男はどこにやってしまったのか。

キヨノは拳を握りしめながら、宗元を見据えた。

「誰なの？　あなたは！」

「……おまえを愛しく思うただの男だよ」

宗元は中啓で口元を隠し、ねっとりとした目でキヨノを見た。

キヨノの目が潤《うる》んでいた。

その顔を見た咲耶の口がぽかんと開いた。

泣き顔がこれほど似合わない人がいるだろうか。憤怒《ふんぬ》の形相《ぎようそう》でキヨノは必死に涙をこらえていた。

「いとおかし。白玉のようじゃ、おまえの涙は」

宗元はそうつぶやき、息をすーっと吸いこんだ。

「白玉かぁ　なにぞと人の問《と》ひし時ぃ〜〜露《つゆ》とこたへて消《け》なましものをぉ〜」

あろうことか、宗元はキヨノの顔を見つめ、朗々と歌を詠みはじめた。昼の最《さ》中《なか》の往来で。烏帽子に狩衣姿で。

通りを歩いていた人々がぎょっとした顔でふり返る。足を止めて、珍しいものを見るように宗元に目を向ける人もいる。暖簾をあげて、店先からこっそりのぞいている小僧や手代もひとりふたりではない。

当の宗元は周りの様子など屁《へ》の河童《かっぱ》だ。

「白玉か」の歌も業平の歌だった。この歌は、業平が帝の后《きさき》となることが決まっていた藤原高子《ふじわらのこうし》を野に連れ出したときに、先のない〝あかん・道ならぬ・はた迷惑な〟恋を歌ったものだと、豊菊がしつこく力説したので、咲耶の頭の端っこにかろうじて残っていた。

宗元に業平が憑依《ひょうい》したのか。

これまでにも咲耶がそう思ったことはあったが、業平は京の人物だ。墓は京の西にも、大原野《おおはらの》にも、近江《おうみ》にもある。なにせ、遠い昔の人なので、どれが本物の墓かもわからない。はっきりしているのは、江戸に業平の墓はないということだ。したがって、宗元がうっかりつまずいて業平の墓石を倒して、封印されていた霊が地中から飛び出し、乗り移るということもまずありえない。

単に宗元の頭がおかしくなったのか。

五十を過ぎて、突然、道楽の囲碁をやめ、仕事にもまじめに取り組み、笛や歌に親しみ、今まで無視を決めこんでいた恐妻に人目もはばからず、にやけた顔で迫っていく……。目には見えない何かが関わっているとしか思えない。

咲耶は胸元に手を入れ、忍ばせていた式札をつかんだ。取り出した瞬間、式札は白い蝶《ちょう》に変わった。

「怪しげなものがあれば教えよ」と念じ、咲耶は蝶に息を吹きかける。

ひらひら。ひらひら。

蝶は舞いながら、宗元が手にした中啓にひたっと止まった。宗元の目がほころぶ。

「冬の蝶とは……珍しや」

蝶は二、三度、宗元のまわりを飛び、その頭に止まり、やがて空に高く舞い上がり、ぱっと消えた。

「いとおかし」

宗元は蝶の行方を捜すように、空を見上げている。

だが、「おとうさま、手にされている中啓をお見せいただけませんか」と咲耶がいうと、宗元はそれを無視してきびすを返した。

動いたのはキヨノだった。

「中啓？　そういえばおまえさまはいつからこんなものを」

キヨノも不審に思っていたのだろう。キヨノは素早く宗元から中啓を奪《うば》った。

「返してたも」

宗元があわてて取り返そうと手を伸ばすが、キヨノはくるりと背を向け、またくるり、くるり、その場で一周して宗元の手を器用に避けた。

「何か書いてあるわ」

「わしの中啓ぞなもし！」

宗元が中啓を奪い返そうとした瞬間、キヨノは「咲耶！」と叫び、中啓をほいっと投げた。

咲耶は中啓に飛びついた。手にすぽっと収まった中啓は熱を帯《お》び、かすかに震えていた。

そこに書かれていたのは、

――梅の花　香をのみ袖に　とどめおきて　わが思ふ人は　訪れもせぬ
お馴染みの業平の歌だ。歌の隣には、なぜか満月も描かれている。

業平の歌、その言霊《ことだま》が宗元にとり憑いたと考えれば、これまでのことが腑《ふ》に落ちるというものだ。

「咲耶、返しなさい。さ、こちへ」

言葉には神につながる力があり、よい言葉はよい明日につながるというのが言霊の基本だ。ご祈禱の言葉も、神さまへの願い事も、言霊がつないでいる。

梅の花の香が袖に残っているのに、いとしいあの人は訪ねてもくれないという
この歌は、失恋の歌に見せかけて、「好きや好きやってゆうてるんよ」と確か、
ぼたんがいっていた。
ただ梅に月という組み合わせは妙な気がした。
「おとうさま、これをどちらで手に入れられたのですか」
「どこだったかの。どこでもいいではないか」
「おまえさま！　白状なさいませ！」
咲耶にはのらりくらりとはぐらかしていたが、キヨノがドスの利いた声を出し
たとたん、宗元ははてと頬に手をあてた。
「小網町《こあみちょう》の骨董屋《こっとうや》だったかの」
咲耶の脳裏《のうり》に、狸《たぬき》の置物が浮かんだ。いや、置物とそっくりの骨董屋《青山《あおやま》》
の主の顔だ。店においてあるものの大半は付喪神がとり憑いたものばかり。青山
は怪しげな主が営む、いかがわしいもの好きの客ばかりが集う店だった。
硯のぼたんももともとは青山から来たものだ。今、宗高が喉から手が出るほど
欲しいと狙っている虎の金屏風《きんびょうぶ》も、その店にある。こちらも付喪神であるのは
いうまでもない。

店主を捕まえて、話を聞かなくてはと咲耶は中啓を握りしめ、小網町めざして駆けだした。

「これ、咲耶、どこへ行く」

そのあとを宗元とキヨノが追ってくる。

骨董・青山は路地のつきあたりにある間口二間（約三・六メートル）の店だった。

『萬古物品々青山《よろずこぶつしなじな》』という板看板がおかれ、軒《のき》には藍染めの暖簾がぶら下げてある。普通、店は間口を大きく開け放しているものだが、青山の戸は半間幅。あとの一間半は腰高窓という造りだ。窓にはめられた障子は、ぴたりと閉められている。

「こんにちは」

店には誰もいなかったが、咲耶が声をかけると、着ぶくれた四十がらみの男が奥からのそのそと出てきた。

「へい、いらっしゃいまし」

しゃがれた声でいった。丸顔に丸い鼻、びっくりしたようなどんぐり眼《まなこ》で、きょろりと咲耶を見る。

「ああ、宗高さんとこの」

宗高が虎の屏風を欲しがったとき、全力で引きとめた咲耶を亭主は覚えていた。咲耶は客にあらずと思ったのか、亭主から愛想笑いがひっこむ。

かわってうさんくささが顔に広がった。

「青山さん、つかぬことをお聞きしますけど、うちの父がこの中啓を、こちらでいただきましたか」

咲耶の手元をちらりと見て、主はああとうなずく。

「お買い上げいただきました」

「これ、どういうシロモノです?」

「それねぇ。京から流れてきたということしかわからんのですよ。古いものらしいんですけどね。宗元さんでしたか、宗高さんのお父上ですな。二月に入った頃だったか、ふらりとおいでになったんですわ。そして、その中啓をぱっとおとりになって。……あるんですよ。それまで骨董なんて興味も何にもなかった人にもそういうことが。ものに呼ばれてうちに入ってくる」

「ものが呼ぶ?」

「この人がいい。この人なら自分の良さがわかる。あるいは……」

「……この人ならとり憑けると、その道具が人を呼び寄せるのかも」

「なんですって」

咲耶がきっと眉をつり上げると、亭主は「冗談です、いや冗談」とわざとらしく笑った。

「もちろん勉強させていただきました。正直、儲《もう》けはないどころか足が出ていますわ。……それで、何かありましたか？」

妖と不思議が大好きな主が身を乗り出す。中啓に潜んでいた何かが宗元にとり憑いたのではないかとわくわくしているのだろう。目は輝き、頬がぴくぴくしている。

店においてあった品物がざわつきはじめた。

一番奥に押しこめられていた『売約済み』と札がかけられた屏風の虎と、咲耶の目が合うと、虎は「中啓にいるのは言霊だけではないぞ」と吠《ほ》えた。

宗高が欲しがっている虎の金屏風だった。

天地五尺（約百五十センチメートル）、幅二尺（約六十センチメートル）の曲《まげ》が四つ連《つら》なっている立派な代物《しろもの》で、大名家の出物だという。

「な、なんですか」

金地に描かれた虎が咲耶をにらむように見ている。ぴんと張った白いヒゲ、盛り上がった肩、大地をしっかと踏む太い足、精緻な筆致で仕上げられた毛並み……今にも屏風から飛び出してきそうだ。

咲耶は心の中で虎に問いかけた。

——他に何がいるの？

「妖」

——妖なら、私が気づかないはずがない。

「おる。桂男《かつらおとこ》じゃ。その正体は絶世の美男子」

——そんな……。

桂男は女を魅了する妖だ。桂男に心惹《ひ》かれた女の寿命を奪いつくすといわれる。

「中啓の月に桂男が潜んでおる。桂男が住むのは月じゃからな。娘よ、『むかし、男ありけり』を知らんか。中に『桂のごとき君』という言葉が載っておる。桂男は業平であり、業平は桂男だ」

咲耶にしか聞こえない声でまた虎が吠える。

「昔、男ありけり」は伊勢《いせ》物語の冒頭だ。そして伊勢物語の主人公は在原業平だといわれる。

桂男が業平の言霊にとり憑き、その業平の言霊が宗元に憑依《ひょうい》したと虎はいっている。

ややこしい。要するに、桂男と業平の両方が同時に宗元にとり憑いたということになる。

神職であるから、たまには烏帽子をかぶり、平安貴族のような格好をする宗元。囲碁以外には関心はないが、年齢を重ねても町で三本の指に入る美丈夫の宗元。

業平の言霊と桂男にとって、宗元はとり憑くに値する人物だったのだろう。

見かけによらず、この虎は鋭く賢いと思った瞬間、また虎が吠えた。

「娘、わしは大名家におったので、そんじょそこらの付喪神とはわけが違う。論《ろん》語《ご》から伊勢物語までなんでもござれなのだ」

それにしても、妖狐の血が流れていて、妖を見分けることができる咲耶に、なぜ桂男が見えなかったのだろう。

自分の力が失われたのだろうかと、咲耶の背筋が冷たくなった。

「桂男は、言霊の在原業平の陰に隠れておるのじゃ」

咲耶の心の恐れを見抜いたように虎がいった。

うわ、人の考えていることを見抜くのか。こんな厄介な付喪神を家に迎えるわけにはいかないと思った咲耶に、虎は一段と大きな声で吠えた。

「気持ちを見抜いているわけではない。おまえは気持ちを隠すことができない娘なのじゃ。わかりやすすぎる」

あわてて「それは失礼しました、ありがとう」と虎の屏風のほうに頭を下げた咲耶を、亭主がじろりと見た。

「あんた、なんでお辞儀してるんだ？　そこに何かあるのか。何が見えた？」

「何も。お邪魔いたしました」

亭主といい虎といい、これ以上ここにいても面倒なことになるばかりだ。さっさと中啓から桂男と業平の言霊を祓わなければと店を出ようとしたとき、どかどかと足音を響かせ、キヨノと宗元が店になだれこんできた。

「急に走りだして、年頃の娘がまったく」

そういった宗元にキヨノは肩で息をしながら、首をきっぱり横にふった。

「いい年の女ですよ。咲耶は宗高より上なんですから」

こんなときでもキヨノは咲耶に嫌みをたれるのを忘れない。

「咲耶！　わしの中啓を返してたもれ！」

いきなり宗元が叫んだと思いきや、ふっと咲耶の手から中啓が浮かびあがった。宗元の手の中にすぽんと中啓が収まる。

青山の亭主の口がぽかんと開いた。えっとキヨノも息をのむ。咲耶の目もまん丸に見開かれた。

「咲耶が投げたの？」

咲耶は首を横にふった。握りしめていた中啓が宗元のところに自ら飛んでいったのだ。

妖がものを呼ぶ。ものがとり憑く人を選ぶ。……先ほどの亭主の言葉が蘇る。

中啓を取り戻した宗元は「お邪魔さま」と店から出て行く。

キヨノが「ちょっと待って」と追いかけ、咲耶も後に続いた。

三人を追ってこようとした亭主が、「ごめんください。頼んでいた水差し、入りましたかな」と入ってきた客に、店に押し戻されたのは不幸中の幸《さいわ》いだった。

あやしげなことが大好きで、詮索《せんさく》好きの青山の亭主がいては、咲耶も思うように動けない。

宗元とキヨノは通りを並んで歩いて行く。咲耶は三歩遅れて後を追った。

「梅の花を見に行かんか」

中啓を取り戻した宗元はすっかりご機嫌だ。いや宗元ではない。業平にして桂男である。

「梅はうちにもございます」

キヨノは愛想のかけらもなく言い捨てると、中啓を握りしめた宗元の腕をつかみ、歩みを早めた。

「おまえはせっかちじゃな」

宗元はキヨノに引きずられるように歩く。何がとり憑こうがおめでたさは変わらないのか、宗元はうほほと笑い続けていた。

荒山神社に戻るなり、キヨノは梅の木の下に床几《しょうぎ》を出し、ふたり並んで座った。

「さあ、思う存分、梅を見てくださいまし」

「ええものじゃのう。思い人とともに梅を見ることができるとは」

「こんなことになるとは、思いもよりませなんだ」

ため息をついたキヨノの顔を宗元がとろけそうな表情で見つめ、手を握りしめる。

キヨノの目の下が黒くなっていた。こんなに疲れた顔のキヨノは見たことがない。今このときも、キヨノの命を桂男が削っていると思われた。

本来の宗元に戻ってもらわねばならなかった。一時《いっとき》も早く。

咲耶はふたりから少し離れて立ち、目をつぶり、息を整えた。

それから小さくつぶやく。

『青龍《せいりゅう》・白虎《びゃっこ》・朱雀《すざく》・玄武《げんぶ》・勾陳《こうちん》・帝台《ていだい》・文王《ぶんおう》・三台《さんたい》・玉女《ぎょくにょ》』

――おとうさまにとり憑いた桂男よ。中啓の言霊よ。立ち去れ！

刀に見立てた人差し指と中指の二本で素早く格子《こうし》を描く。

宗元が握っていた中啓が震え、その手からぽとりと落ちた。

その瞬間、咲耶の前に、平安の公家の姿が浮かびあがった。

引き目かぎ鼻、口はおちょぼ口。見事な下ぶくれだ。

桂男？　在原業平？　どっちだどっちだ。

それにしても、絶世の美男子がこれ？

「梅が咲きはじめたなぁ。ええ匂いや。今晩はきっと月もきれいえ。月と梅を愛《め》でながら、あんたはんのために、心をこめて笛を吹きまひょ」

ただの言霊でも、妖でもない。

下ぶくれはふたつが合わさったものなのだろう。次の狙いを咲耶に定めたのか、下ぶくれは自信満々で咲耶に近づいてくる。

中啓から桂男と言霊を出し、宗元から引き離すことはできたが、祓うまではいたらなかったのだと咲耶は唇をかんだ。

宗元とキヨノは相変わらず身じろぎもしない。ふたりの首ががくっと折れているのは、気を失っているからか。放心しているからかのいずれかだ。

「咲耶、梅が咲いたなぁ」

不意に宗高の声が聞こえた。ふりむくと、宗高が社務所から駆けてくるところだった。

咲耶は天の助けとばかりあわてて駆け寄り、宗高の手を握った。

「どうした？」

「宗高さん、祓詞を唱えてください。みんながあるべきところに戻るようにと願いながら」

咲耶の声におびえがかすかに潜んでいることを感じ取ったのか、宗高は力強く手を握り返す。

「じゃ、本殿に行こう」

「ううん、ここがいい。おとうさまとおかあさまもああしていらっしゃるし」

「父上のことだな」

「ええ」

　仲良く並んで座っているふたりの後ろ姿に宗高は目をやった。

　宗高は目を閉じ、しばし心を落ち着けると、ゆっくり目を開いた。

「掛けまくもかしこき伊邪那岐大神《いざなぎのおおみかみ》、
筑紫《ちくし》の日向《ひむか》の　橘《たちばな》の小戸《おど》の阿波岐原《あわきがはら》に、
御禊祓《おんみそぎはら》へ給《たま》ひし時になりませる祓戸《はらえど》の大神《おおかみ》たち、
諸《もろ》の禍事《まがこと》・罪穢《つみけがれ》あらむをば……」

宗高の祓詞が響き渡る。

荒山神社の境内に風が吹きはじめた。

春の訪れが近いことを感じさせるあたたかく澄んだ風だ。

咲耶ももう一度、陰陽師の呪文を唱えた。桂男と業平の言霊が立ち去るようにと強く念じながら。

「……祓へ給ひ清め給へともうすことをきこしめせと

かしこみかしこみもうす」

宗高の祈禱が終わるや、咲耶の前に見えていた下ぶくれは瓜《うり》二つの下ぶくれ、桂男と業平の言霊に分かれ、風にのってばらばらに空に飛んでいった。

キヨノが動いたのはそのときだ。

「おまえさま、いやだ。ほら、目を開けて。こんなところで寝るなんて。しっかりして。起きてください」

キヨノは自分が意識を失っていたことは棚に上げ、宗元をゆさぶる。

「やかましいなぁ。がみがみ人の耳元でわめいてからに」

宗元が顔をあげ、両手を空に向かって、ぐ～んと伸ばした。

「よう寝た」

「おまえさまという人は。中啓は？」

「中啓？」

中啓は宗元の足元にぽろりと落ちていた。

キヨノは中啓を拾いあげ、韋駄天《いだてん》の如《ごと》く駆けだした。

社務所を通り越し、本宅の裏まで行き、勝手口から土間に入る。

かまどの火を熾《おこ》していたはまを押しのけ、腰をおろすや、中啓を焚口《たきぐち》の火の中につっこんだ。

「元に戻って……お願いします」

中啓に火が移った。炎に包まれ、中啓が透明に変わり、やがてかさりと音をたてて崩れた。

◇◆◇◆

「宗高さんのお祓いが通じたんですよ。あのあと、おとうさん、正気に戻られたのですから……」

その夜、咲耶と宗高は長いこと、話しこんだ。

「しかし、母上も乱暴だよ。中啓を灰にしてしまうなんて。中啓に宿っていたんだろう、業平が」

「たぶん。……業平の和歌が書いてあったんですよ。あの中啓、青山から買ってきたんだそうですよ、おとうさま」

青山で、中啓がひとりでに咲耶の手から浮き上がり、宗元の手に収まったというと、宗高は頭をかきむしって悔しがった。

「うわぁ、見たかった。言霊が父上をとり憑く相手として選んだんだな。母上もその場面を見たのか」

「ええ。青山のご亭主も」

「悔しいなぁ。その中啓を燃やしてしまったとは。つくづく口惜しい。中啓が残っていれば、言霊の秘密を探ることができたやもしれぬのに」

真剣な面持《おもも》ちで宗高はつぶやく。

すでに言霊の業平も桂男も祓われていたわけで、キヨノが燃やしたのは、ただの中啓だったのだが。

業平の言霊と桂男を引き離せたのは、宗高の祈禱もあってのことだった。

それを宗高本人に明かせば宗高はどんなに喜ぶことだろう。

となれば咲耶が陰陽師であることも伝えなくてはならず、残念ながら言わぬが花である。

「しかし驚いたよ。父上がなんでわしはここにいるんだ？　といったときには。とうとうぼけたかと肝《きも》が冷えた」

中啓を求めたところまでは宗元は覚えていた。だが、それからの記憶は切れ切れだという。もっとも毎日囲碁に興じているだけなので、覚えていなくても支障はない。深く悩むことをしないのも幸いだった。

元に戻った宗元は意気軒昂《いきけんこう》であった。

——こんなことをしてはおれん。小笠原家ではみながわしを待っておる。

すぐさま囲碁をしに出て行こうとした、宗元を止めたのはキヨノだった。

「お待ちください。おまえさま」

ふりむいた宗元の頰をばしっと両手で包み、じっと目を見つめ、キヨノは、

「よかった」とつぶやき、はらはらと涙を流したのだ。

宗元はあっけにとられた。

「おまえ、もしかして、泣いてるのか」

かろうじて声を絞り出した宗元にキヨノはつぶやく。

「白玉ですよ」

「白玉？　団子がどうした？」

「そういう人ですわ、おまえさまは。……この涙は、ただかまどの火の粉がはじけたせい……」

そういって、キヨノは指で涙を拭ったのだ。

翌朝も、囲碁を打ちに出かけようとした宗元は「いってらっしゃいませ。どうぞごゆっくり」と機嫌良くキヨノに送り出され、首をひねった。

境内の梅の花がいっせいにほころび、甘い匂いが漂っている。

鳥居に向かって歩きながら、宗元は梅の香を胸いっぱい吸いこんだ。ふっと懐《なつ》かしさがこみあげた。

「うっすら覚えておる。あのとき、キヨノがいとおしくてたまらなんだ。一生懸命で、それがかわいらしくもあり、この腕に抱きしめたいと思うた。……今朝、改めてその顔を盗み見ると、ずいぶん老《ふ》けておった。それほどの年月を、ふたりで過ごしてきたとは……だが、キヨノのまっすぐな性分は変わっておらん。だからなのか、飽きる気がしない。たまには一緒に梅見にでも行ってみようかの。はて、どう誘えばいいのか。まあいいわい。明日、考えれば」

小さくつぶやくと、宗元は小笠原家に急いだ。どこまでいっても明日が続いているため、梅は散ってもふたりが出かけることはなかった。

半月後、呉服屋から華やかな着物が届いた。

――楽しみじゃ。キヨノがこの着物を着る日が。

そういった宗元、もとい中啓の物《もの》の怪《け》の言葉をキヨノは思い出した。

乙女のような微笑みが一瞬キヨノの顔に浮かんだ。

キヨノは箪笥《たんす》に着物を入れると、その傍《かたわ》らに、吹かれなくなった横笛をそっとおき、ぴちっと音をたてて引き出しを閉めた。

第三話：夜に輝く緑の目

◇◆◇◆

桜まではまだ少し間《ま》があるが、レンギョウや雪柳《ゆきやなぎ》は今が盛《さか》りで、荒山《あらやま》神社の境内《けいだい》には春色の黄や白がこぼれている。

弥生《やよい》（三月）に入り、江戸は急に暖かくなった。気の早い連中は浮かれたように、もう花見の相談をはじめている。

その朝、定廻《じようまわ》り同心《どうしん》の長坂徳之助《ながさかとくのすけ》はいつものように荒山神社の鳥居をくぐった。

お手先のひとり、岡《おか》っ引《ぴ》きの友助《ともすけ》がこの界隈《かいわい》を縄張《なわば》りにしていることもあり、長坂は荒山神社とも懇意《こんい》にしている。

「長坂さま。おはようございます。いいお天気ですね」

神主《かんぬし》の女房の咲耶《さくや》が愛想《あいそ》良くいった。咲耶が持った籠《かご》には、緑のころんとした形のものが三つほど入っている。

「蕗《ふき》の薹《とう》ですか」

参道《さんどう》の脇の木々の根元に毎春、蕗の薹が芽《め》を出すことを、長坂は知っている。長坂は野性味ある山菜の類《たぐ》いに目がなかった。蕗の薹の苦みを思い浮かべるだけで、長坂の口につばがわきあがってくる。

「ええ。旦那《だんな》さまの好物なので。でもこれで今年の蕗の薹も終わりかしら。花が開いてしまって、食べられそうなのはこれだけでしたもの」

蕗の薹の旬は短く、花が開けば、また来年である。

「天ぷらでござるか」

「蕗味噌《みそ》にしようかと。ご飯が進みますでしょ」

蕗味噌はざくざくに切った蕗と甘味噌だれを炒《いた》めたもので、長坂は甘めの蕗味噌が好みである。

「結構ですな。恋女房を持つ宗高《むねたか》さんもお幸せだ」

「ありがとうございます」

四文銭を賽銭箱《さいせんばこ》に入れ、長坂は手を合わせると一礼し、「どうぞお気をつけて」という咲耶の声に送られて、荒山神社をあとにした。

定廻り同心は南町《みなみまち》・北町《きたまち》奉行所《ぶぎょうしょ》を合わせても十二名という少人数である。それを補《おぎな》う臨時廻《りんじまわ》り同心を含めてもわずか二十四名で、江戸の町の巡回や犯罪の捜査、咎人《とがにん》の捕縛《ほばく》などを一手に引き受けている。

というわけで定廻り同心は飛ぶように町を歩く。

自身番の障子《しょうじ》がしまっていれば異常なしなので、外から声をかけるだけ。障子が開いていれば、中に入り、話を聞く。小さなもめごとは町名主《まちなぬし》たちにまかせ、重大だと思われる事件に集中して力を注ぐ。

自身番にとどまる時間さえ惜しいことはお手先たちもわかっていて、歩きながら報告を受けることも多い。

長坂は四十を過ぎた古参の同心で、語り口が穏やかで、居丈高《いたけだか》なところがない。知らぬ存ぜぬと口を割らない極悪人も、長坂にかかると、思わず涙して本音を吐露《とろ》してしまう。仏の長坂、落としの長坂としても知られていた。

普段の長坂は眠っているような細い目をしているが、驚くと長坂のその目が丸くなる。見た者がたまげるほど、大きなまん丸の目になる。

ただ長坂の丸目を見たことがある者は数えるほどしかいなかった。

通りに出ると、岡っ引きの友助が駆けてくるのが見えた。

「長坂さま、お見回り、ご苦労さんでござんす」

友助は三十がらみの気のいい男だ。実家の蕎麦《そば》屋は両親と女房にまかせっきりで、長坂について年中町を飛びまわっている。

鼻の右脇に大きなほくろがあるので、ほくろの親分と呼ぶ町の者もいた。

「異状はないか」

「ますます、巾着切《きんちゃく》りが増えているようでやんす。昨日は菓子屋の主《あるじ》や瀬戸物屋の女房が、巾着をすられたと訴え出ました。この町で巾着切りなど、とんとなかったんですがね。ここ三日で五件も。泣き寝入りも含めればその倍はくだらねえでしょう。いいようにやられっぱなしでさぁ」

「いかさまな。桜の花見の前に、上は両国広小路《りょうごくひろこうじ》や浅草《あさくさ》の巾着切りを一網打尽《いちもうだじん》にしようと取り締まりに力を入れておる。向こうだってさるものだ。察しよく、こっちに流れこんじまったんだな」

ぼんのくぼに手をやりながら、長坂はいう。

「女にぶつかられて気がつくと巾着が失《う》せていたとか、若い男とすれ違いざまに札入れが消えたとか、巾着切りもひとりじゃねえから始末が悪いや」

巾着切りは、その場で捕まえるのが鉄則だ。だが、腕を磨《みが》いた玄人《くろうと》が多く、岡っ引きや同心の目の前で盗みを働くようなうかつなやつはひとりもいない。

「見慣れない者がいたら気をつけるよう、町の者に伝えておいてやれ。他には」

「十日ほど前に仏具神具屋《稲垣《いながき》》の隠居の根付《ねつけ》がとられたとかで」

「落としたんじゃねえのか」

「紐《ひも》が刃物ですぱっと切られていたそうで」

「刃物を使ったか……荒っぽいな。値打ちものなら質屋や骨董屋《こっとうや》に回ることもあるかもしれねえ。聞き取りをしてやったらどうだ。見つかったら隠居に喜ばれるぜ。礼もはずんでくれるんじゃねえのか」

「さっそく回ってみまさぁ」

友助が駆けていく。

長坂は村松町《むらまつちょう》に足を向けた。佃煮屋《つくだにや》《十亀屋《とがめや》》の女将《おかみ》と目が合うと、長坂は「おっ」と親しげに手をあげた。

「旦那。入って入って。お茶を飲んでってって」

十亀屋の女将のトキが手招きをした。

トキは健気《けなげ》で気のいい女だ。二年前に亭主の八兵衛《はちべえ》を流行病《はやりやまい》で失ったが、二人で営《いとな》んでいた佃煮屋を切り盛りし、七歳のゆき、五歳の太一《たいち》、四歳のみゆ、三人の子どもを育てている。

「旦那、いいお天気ですね」

店番をしている年配の女も如才《じょさい》なくいう。貸本屋を営んでいた夫と息子を亡くし、小松町《こまつちょう》にあった店を番頭《ばんとう》に譲《ゆず》り、近くの仕舞屋《しもたや》で一人住まいをしているタカだ。

つい数カ月前まで、タカとトキは犬猿《けんえん》の仲だった。元気な子どもや客に囲まれて賑《にぎ》やかに暮らしているトキを、タカは目の敵《かたき》にし、店に怒鳴《どな》りこむなど嫌がらせを繰り返していた。

だが、ひょんなことから亡き息子の手紙を見つけ、本来の自分を取り戻し、トキの店の押しかけ手伝いをするようになった。

何度も大立ち回りを繰り広げたふたりが並んで店番をしているのだから、世の中というものはわからない。

トキは二十代後半、タカは四十がらみと、十以上も年が離れている。トキは小太り、タカはやせぎすと体型も真逆だが、案外馬が合うらしかった。

「巾着切りが増えてるぜ」

「ずいぶんやられてるみたい。たまんないよ。盗《と》られたら泣き寝入りだもの」

トキは太い腰に丸々とした手をあてて、眉《まゆ》を寄せた。

十亀屋のような店を回るのも、長坂の日課だった。こうした店には、町の噂《うわさ》が集まってくる。注意ごともそっと耳打ちすれば労なくして町に広まる。

「みんなに気をつけるように言っといてくれ」

「あいわかりました。……それから仏具神具屋稲垣のご隠居の福助《ふくすけ》さん、大切にしていた根付を盗られたんだって。気を落として寝込んじまってるって」

「気の毒にな。見つかるといいが」

トキはお茶と小皿をのせたお盆を、上がりかまちに腰をかけた長坂の前においた。小皿には店の名物・小女子《こうなご》の佃煮の出来たてが盛られ、爪楊枝《つまようじ》が添えられている。

ここの佃煮は絶品だ。長坂はお茶で口を潤《うるお》すと、さっそく佃煮を味わう。うまそうにうなずくと、トキが目を細めた。

「ご隠居の福助さんはこだわりの人だって評判だもの。根付、いいものだったんだろうね」

「私、見たことがあるよ」

おつりを渡し、客を見送ったタカがふりむいた。

「貸本屋をやっているとき、うちの人と福助さん、つきあいがあってね。何度かいらしたことがあったの。そのときに腰にぷらんとぶら下がっていて……」

「どんなものだった？」

トキが身を乗り出す。

根付とは、印籠《いんろう》、巾着、煙草《たばこ》入れなどの紐の先端に取り付けたお洒落《しゃれ》な留め具だ。紐を帯の下から上へ通し、帯の上部に根付をちょこんと出すのである。

水牛や鹿の角、木、陶器、金属、象牙《ぞうげ》など根付の素材はさまざま。

意匠《いしょう》も千差万別《せんさばんべつ》で、動物、干支《えと》、能面、麒麟《きりん》や貘《ばく》、竜などの空想上の生き物、中には浦島《うらしま》物語や桃太郎《ももたろう》、五条大橋《ごじょうおおはし》の上の牛若丸《うしわかまる》など物語の見せ場を、高度な職人技で緻密《ちみつ》に彫り出したものまである。

「年代物でね……なんか丸っこかった」

「丸い何？」

「生き物だったような」

「熊？　猫？　猪《いのしし》？」

「う〜ん。……忘れた」

「もう、おタカさんたら、こっちをその気にさせてこれだもの」

するとタカはこけた頰《ほお》に手をあて、トキの目をのぞきこんだ。

「だったら、あたしの根付、どんなのかおトキさん、わかる？」

トキは豆鉄砲をくらったような顔になって、あわててタカの帯に目をやる。

「食べ物商売をするときに根付なんかつけてこないよ。あさりと一緒に佃煮にしたりしたら大ごとだもの。でもおトキさんは何度か私の根付を見ているはずだよ」

「……いやだ。全然、気がつかなかった」

「竹からかぐや姫が生まれるところを写した、柘植《つげ》の彫り物だよ」

タカが得意げにあごをあげる。

「うわっ、凝《こ》ってるねえ。もしかして旦那さんが？」

「そう、うちの旦那がおまえは私のかぐや姫だって、作ってくれたんだ」

「それはそれはごちそうさま」

「見直した？」

「あんたにもそんなときがあったとは……今度、見しとくれ」

それを潮《しお》に、長坂は立ち上がった。

「ごっつぉさん。おタカさん、いつかおれにもかぐや姫を拝《おが》ましてくれ。いい旦那さんだったな」

長坂はまた次の町に向かう。長坂の腰にも、根付がぶらさがっている。歩きながら、長坂は根付を隠すように帯にはさんだ。

◇◆◇◆

咲耶は式神《しきがみ》を使うとき、いっそう用心深くなった。舅《しゅうと》の宗元《むねもと》が以前のいい加減な男に戻ったとたん、姑《しゅうとめ》のキヨノがまた咲耶に目を光らせはじめたからだ。

キヨノは、自分が見たものだけを信じる女だ。神社に嫁《とつ》ぎ、神主の女房で、神主の母親であるにもかかわらず、以前は見えない世界などまるで信じていなかった。

さすがに神さまを方便《ほうべん》とはいわないものの、本当にいるかどうかわからないという態度を家族の前ではちらつかせたりもした。

だが、古びたちっぽけな中啓《ちゅうけい》のせいで、宗元が人変わりをした。にわか光源《ひかるげん》氏《じ》になった。そしてその半端《はんぱ》にしか開かない扇を燃やしたら、宗元は元のちゃらんぽらんの隠居亭主に戻った。

さすがのキヨノも、これで自分の知らない世界があると気づいたようなのだ。

しばらくの間、キヨノは宗元にとり憑《つ》かれたときのことをしつこく問いただしていたが、宗元はそのときのことはうすらぼんやりとしか覚えておらず、キヨノは次に、咲耶に的《まと》を絞った。

「覚えてないってほんとかしら」

「そうおっしゃるならそうなのかも」

「こんなことが世の中にある？」

「……あるんじゃないでしょうか。あったんですから」

「なんで？」

いくら聞かれても、咲耶は口を濁《にご》すしかない。

「誰かが中啓に妖術をかけた？　妖術使いの仕業《しわざ》？」

「さぁ……」

口ごもる咲耶を、キヨノはそのたびに底光りするような目で見る。

初午《はつうま》の幟《のぼり》すべてに、咲耶がどうやってきれいに火のしをかけることができたのか、キヨノは未《いま》だ納得していない。どころか、大いに疑っていた。

最悪なのは、キヨノが頻繁《ひんぱん》に別宅に出没するようになったことだ。

咲耶が勝手に誰かを雇い、家事を手伝わせているのではないか、さもなくば妖術を使っているのではないか、その現場を押さえようとしているのだ。

足音を消して、不意《ふい》に現われるキヨノに、咲耶はほとほと参っていた。

ただし、中啓の事件が起きて、いいことがなかったこともない。

宗元とキヨノは少しだけ和解したようだった。

宗元は相変わらず朝っぱらから、握り飯を持って囲碁《いご》仲間の家に遊びに行くのだが、出かける前に、キヨノに笑顔を向けるようになった。

境内で空を見上げたり、花を咲かせている木々に宗元が目をやることもある。その姿がなんとも絵になる。横顔は風雅《ふうが》な公家《くげ》の風情《ふぜい》だったりする。

キヨノもかつては宗元の顔さえ見ればきつい口調で文句を繰り出していたのだが、今朝も目を緩《ゆる》めて「いってらっしゃいませ。お早いお戻りを」と送り出した。これまでの投げやりな言い方ではなく、妙にしみじみ「亭主は元気で留守がいちばんですよ」と口にしたりする。

とり憑いたものが消えても、とり憑いたものの痕跡が人には残るのだろうか。

「こっちに来そう？」

「いてへん」

チュンチュン。

「今よ、咲耶さん」

付喪神《つくもがみ》の金太郎《きんたろう》とぼたん、さらには妖《あやかし》の入内雀《にゅうないすずめ》にも気配を探らせ、キヨノが来ないことを確認し、咲耶は今日もおもむろに洗濯と掃除《そうじ》にとりかかった。

咲耶が口元をくちゅっと動かすと、井戸のつるべがひとりでにまわり、たらいに水がじゃっと注がれる。洗濯ものがそのたらいに飛び込み、体をくねらせる。やがて、きゅうっと身をねじったかと思うと、ぱんぱんと空中で体をはためかせ、ひょいと物干しにひっかかる。

一方、はたきがぱたぱた踊るように、壁、障子《しょうじ》などいたるところを飛び回り、箒《ほうき》が埃《ほこり》をかき集める。雑巾《ぞうきん》が畳、板の間、障子の桟《さん》、棚などをきっちり拭いていく。

棚には金太郎、ぼたんと並んで、市松《いちまつ》人形が飾られている。豊菊が送ってくれた市松人形は、叫びさえしなければ、本当にかわいい顔をしていて、金太郎もぼたんもお気に入りだ。

「咲耶、いるかい？」

宗高の声がした。咲耶は式神《しきがみ》を止め、急いで箒や雑巾を片付けた。

あわただしく家に入ってきた宗高は驚いたように眉をあげる。

「もう掃除も洗濯も終わったのか？　向こうじゃ、おはまが今から座敷に箒をかけようとするところだったのに」

「……どうなさったんですか」

こういうときは話を変えるに限る。

「おツルさんが、相談があるというんだよ」

ツルは三婆《さんばば》のひとりで、橘町《たちばなちょう》のせんべい屋《草加《そうか》》の隠居だ。

「まあ、珍しい。何かあったんでしょうか」

「それが自分の口からはとてもいえない。とにかくうちに来てくれって。その一点張りなんだ」

ふたりは顔を見合わせた。

ツルは三婆の中ではいちばんおとなしい。口数が少なく、まとめ役のウメの話にもっぱらうなずいているだけだ。

そのツルが、宗高に頼みごとをし、問われても口を割らないなんてよっぽどのことだった。

「早いほうがいいですね」

「うん。咲耶、一緒に来てくれ」

「はい。ただ今」

咲耶は急いで、前掛けと襷《たすき》、頭にかぶった手ぬぐいをはずした。

外に出るといいお天気で、明るい日差しが町に降《ふ》り注《そそ》いでいた。

商家の屋根瓦《がわら》が光っている。ついこの間まで、泥にまみれた雪が日陰に残っていたのが嘘《うそ》みたいだ。

道はからからに乾いて、細かい砂埃《すなぼこり》が舞い立っている。ようやく芽を吹きだした梢《こずえ》の間を吹いてくる風が心地よかった。

千鳥橋《ちどりばし》が近づくにつれ、香ばしい匂いがしてきた。匂いに導かれるように歩いて行くと、せんべい屋草加に辿《たど》り着いた。

間口二間（約三・六メートル）の店で、右隣は筆屋、左隣は金物屋。三軒とも同じような店構えで、みな荒山神社の氏子《うじこ》だ。

暖簾《のれん》をくぐると、ツルの息子の太一《たいち》と孫息子の草太《そうた》が店頭でせんべいを焼いていた。草太の嫁《よめ》のトシが手際よく袋にせんべいを詰め、客の相手をしている。

太一は半白頭《はんぱくあたま》で五十をひとつかふたつ過ぎていた。草太は咲耶が荒山神社にきた年が厄年《やくどし》だったから三十手前である。

ふたりはツル譲《ゆず》りの、あごのはった四角い顔をしていた。

「わざわざご足労いただいて」

せんべいを焼く手を止め、太一が一礼してふたりを奥に招き入れた。

奥には子どもの声が響き渡っていた。

ツルの家は子だくさんで、内ひ孫だけでも十歳、八歳、五歳、四歳、三歳、一歳と六人もいる。

ツルは手をついて、宗高と咲耶を迎えた。

「お忙しいところ、わざわざすみません。あそこじゃちょっと口にしづらい話で」

「今日はお天気だから、町を歩くのも気持ちが良かったですよ、な、咲耶」

「ええ。あら」

咲耶のひざに三歳の男の子が乗ったと思いきや、宗高のひざには四歳の女の子がちょこんと座った。ツルが目を細める。

「子どもは若い人が好きでね。……でも、今からお客さんとお話があるから、向こうに行っておいで。楓《かえで》ばあちゃんがさっきお芋を蒸《ふ》かしていたよ」

子どもたちがわ〜っと声をあげて隣の部屋に走っていく。

ツルは苦笑した。

「賑やかで……手習い所から上の男の子二人が帰ってくると、もっとやかましくなるんですよ。子どもは元気なのがいちばんだけど、あたしゃとてもとても。見ているだけで目がまわりそうになっちまって」

子どもらの母親のトシは店番をしているので、ひ孫の世話は、ばあさんに当たる太一の嫁の楓が引き受けてくれていると、ツルが苦笑しながらいった。

子どもをおぶった楓が、湯呑《ゆの》みと焼きたてのせんべいを鉢に山盛り持ってきた。

「おっかさんは、店でせんべいを焼いている草太、嫁に出した娘三人を一所懸命育ててくれました。だから草太の子どもはあたしが。順番ですよ。おかげさまで元気だから孫の面倒を見られる。ありがたいことですよ」

ツルの亭主が亡くなって十年になるが、息子夫婦の太一と楓、孫夫婦の草太と嫁のトシとひ孫に囲まれ、ツルは幸せそうだった。

挨拶《あいさつ》を交《か》わすと、太一はおずおずと切り出した。笑《え》みが消えている。

「こんなことをいうと、どうかしちまったんじゃねえかと思われるかもしれねえんですが」

腕を組み、はぁ〜っと太一がため息をついた。白髪《しらが》交《ま》じりの眉毛が困ったような八の字になった。

宗高が身を乗り出す。

「もしや、この世に起こりえないことが起こったとか」

太一は「そうかもしれない」となる。宗高の目が炯々《けいけい》と輝いた。

「遠慮は無用です。なんでも、おっしゃってください」

「実は……」

庭で夜、一対の緑の目が光っていたのを見たという。

「緑の目？　誰がいつ、どこでごらんになった？」

三日前の月がきれいに見えた晩だった。

湯屋から帰ってきた太一と草太はいつものように雨戸を閉めた。そのとき、ふと庭の茂みに目をやった草太が、惚《ほう》けたような声でつぶやいた。

——おとっつぁん。なんだ、あれ？

——ん？　目ン玉？　犬か猫か？

草太だけでなく、太一の声が震えていた。直感で犬猫ではないとわかったからだ。ふたりは雨戸をぴっちりと閉め、戸という戸に心張《しんば》り棒《ぼう》をかけた。

「犬猫の目も夜光りますよね。緑っぽく見えるものもあると思いますが……」

「どう違うといわれても、とにかく違う……まばたきもせず、まん丸な目で、こっちをじぃ～っと見てたんだ。火の玉がふたつ燃えているみてえだった」

次にそれを見たのは楓と嫁のトシだった。

「うちの人たちがあんなものを見たのだから、暗くなってからは外に出るまいと思っていたのですが……厠《かわや》は外にあるもんで」

楓が背中の赤ん坊をあやしながら切り出す。

翌晩の時刻は宵五つ（夜八時）だった。

ひとりでは恐ろしくて、嫁姑《よめしゅうとめ》が手と手をとりあって月明かりを頼りに、厠に行った。

「戻ってくるとき、ふと気になってふりむいたら、緑の目が二対もゆれていて……」

転《こけ》つ転《まろ》びつ、ほうほうの体《てい》でふたりは勝手口に飛びこんだという。

「太一さんと宗太さんは一対、楓さんとおトシさんは二対。……目が増えていたんですね」

「それからは暗くなる前に雨戸を閉め、家族で閉じこもっておりやす。それでも外でカタリと物音がしたり、風が雨戸をゆらすたびに、胸がざわざわして」

宗高はあごに手をやった。

「面妖《めんよう》な……目が光る妖というと、化け猫か？」

咲耶が首をひねる。

「化け猫の目は緑ではなかったような」

「蛇女《へびおんな》とか？」

宗高はあごに手をやりながらつぶやく。

蛇女とひとくちにいってもいろいろである。

両国広小路の見世物小屋には、大きなニシキヘビを首に巻いてみせる蛇女がいる。浅草の奥山《おくやま》で人気なのは、蛇の生き血を呑み全身に鱗《うろこ》が生《は》えてきたという蛇女だ。

妖では濡女《ぬれおんな》が蛇女の筆頭だろう。ウミヘビの化身《けしん》で、顔は人、体は蛇。髪がじっとりと濡れているのが特徴で、体がとにかく長い。尻尾は三町（約三二七メートル）先まで届くといわれ、狙《ねら》われたら最後、しめ殺され、呑みこまれてしまう。

人が転生した蛇女もいる。非業《ひごう》の死を遂《と》げた女が自分を殺した一族を滅亡させようと蛇女に蘇るのだ。

だが、この蛇女には困ったところがある。すぐには祟《たた》らない。数年後あるいは数十年後に、蛇の姿に転生し、復讐を開始する。

悪事に手を染めた当人はとっくにあの世にいっていることもあり、祟られた一族はどうして自分が祟られているのか理由がわからないことも多い。

中には七代祟る異常にしつこい蛇女もいて、事情がわからない末裔《まつえい》にとってはとんだとばっちりである。

「ちょっと拝見」

宗高が立ち上がり障子を開けた。

障子を隔《へだ》て、長い縁側があり、網の上にせんべいの生地がずら〜っと並べられていた。

「ここで商売ものの天日《てんぴ》干しをしておりまして」

太一がいった。

せんべい作りは餅米《もちごめ》を蒸《ふ》かし、搗《つ》いて丸めた餅をできあがりの形に切って、天日乾燥させる。それを店で焼いて、醬油《しょうゆ》を塗ってできあがりだ。

縁側は絶好の天日干し場なのだろう。

縁側の先に、路地に毛が生えたような細長い庭が広がって、すっかり葉を落とした柿の木、あじさい、ツツジ……などが植えられていた。

「その目はどのあたりに浮かんでいたのですか」

太一は奥のヤツデを指さした。

「あの根元でさぁ」

ヤツデは常緑樹で、その一角だけ、濃い緑色に染まっている。

宗高と咲耶は庭に出て、ヤツデのまわりを確かめたが、足跡も見当たらなければ、鱗も落ちていない。何かを掘り返したような跡もない。

宗高は板塀の先を指さした。

「金七《かねしち》さんは？　何かおっしゃっていませんでしたか」

《金七》は板塀《いたべい》をはさみ庭が接している金物屋だ。垣根は腰の高さまでしかないので、草加で見えたなら、金七もひょっとして目にしているかもしれなかった。

「遠回しに話をふってみたんですけど……」

このごろ、気になることはないかいと、楓が金七の女房・フミに訊いてみたという。

「おフミさんとは同年配で、長いつきあいですから」

――あら楓さん、何かあったの？

――何かあったわけじゃないけど……夜、厠に行くのがこのごろ、ちょっとね。

――わかるわ。うちも厠が外でしょ。あたいは夜に行かなくて済むように、夕方からあんまり水を飲まないように気をつけてんだけど、それも体にどうなのって話だし。年をとって、近くなることを考えると憂鬱《ゆううつ》よね。

　フミはからっと笑い飛ばしたという。つまり、隣には怪異は起きていない。

「うちの人が十《とお》のときに草加から出てきて、修業して、やっとのことで店を構えて、がんばってきたのに……よりによってうちだけに、こんなことが起きるなんて」

　ツルは背中を丸め、長いため息をもらした。

　緑の目が出るのは夜ということなので、日が暮れるころまた来ることにして、宗高と咲耶は草加をあとにした。

　千鳥橋の袂《たもと》に、友助と長坂がいた。ふたりは声をひそめてなにやら話しこんでいる。

「また巾着切りが出たのかしら」

　神社にやってきた氏子たちが騒いでいたと咲耶が心配げにいうと、宗高は首をかしげた。

「盗人《ぬすっと》が草加を狙って庭に潜んでいるとは考えられないか」

「目が緑に光る人がいれば……」

夕餉《ゆうげ》を早めに済ませ、再び草加に向かう宗高のどてらに咲耶は式札を忍ばせ、送り出した。

まもなく桜が咲くとはいえ、朝晩の冷えはきつい。

緑の目が妖の類《たぐ》いなら、いつでも駆けつけようと咲耶はその晩、まんじりもせず過ごした。

宗高は朝まで雨戸を開けた縁側に座り続けたが、緑の目は現われなかった。

それ以来、草加の庭に緑の目が出現することもなくなった。

三婆たちは、宗高が緑の目の妖《あやかし》を封じたと噂をしている。

◇◆◇◆

それから十日ばかりして、仏具神具屋《稲垣》の店の前に一枚『ご贔屓《ひいき》さま方々《かたがた》突然ですが、しばらく店を休むことに相なりました。ご不便をおかけして申し訳ありません。稲垣・店主』と書かれた張り紙がはられ、店と家から人が消えるという怪事が起きた。

その報を荒山神社にもたらしたのは、同じ橋町に住んでいるツルだった。

稲垣の店構えは四間（約七・三メートル）もあり、手堅い商いで知られていただけに、町の人の驚きといったらなかった。

四十がらみの店主が年配の番頭とともに店を切り盛りし、その長男がしっかり店を手伝い、番頭に手代ふたり、小僧も数人おいて、店は繁盛していた。

それが、張り紙一枚で店を閉じ、奉公人はもとより、庭の奥に造られた風雅《ふうが》な離れに住む隠居夫婦まで、姿をかき消したのだ。

「おツルさん、稲垣の大女将《おおおかみ》と知り合いだったでしょ。何か聞いてなかった？」

社務所でウメがツルに詰め寄る。

「なんにも。うちのまわりじゃもう大騒ぎだよ」

「昨日まではいたんでしょ。夜中に出て行ったってこと？」

マツも身を乗り出した。

「それが、出て行くところを見た人も、物音を聞いた人もいないんだよ」

「ほんとに？　何だか気味が悪いね」

「稲垣さんちは子だくさんだって聞いたけど」

「うん。二十歳の長男を筆頭に十八、十六、十四……とにかく二年おきに子どもが生まれて、いちばん下は二歳。全部で十人も。前は朝から晩まで子どもの声が聞こえてたんだけど……」

「だけど？」

「そういえばここんところ、子どもの声が聞こえなかったんだよ。嫁の話によると、小僧や手代の姿もここ数日、見えなかったみたいで」

「奉公人には暇を出したのかね。じゃ、子どもは？　十人も引き連れて行くのも大変だよ」

「親戚に預けたとか？」

「あそこ、大女将さんも、女将さんも江戸者じゃないんだ。親戚も近くにいないって話だけど……」

「夜逃げ？」

「どうなのかねえ。店を閉めたからって、取り立て人が押し寄せているわけでもないし、借金を抱えていたという話もないし。……稲垣はずっと前からある店なんだよ。うちが越してきたとき、町名主《まちなぬし》から聞いたの。橘町ができたときからあった店なんだって」

ツルが重々しく言うと、ウメとマツは顔を見合わせた。

「橋町ができたときからって……江戸が開かれたときからってこと?」

「そういうことになるね」

「たいしたもんだねえ。だったら、創業何年って宣伝したらよさそうなのに」

「控えめなんだよ」

「控えめにもほどがあるよ」

「そんな店がなぜ……」

「何かあるね」

話は堂々巡《どうどうめぐ》りだ。まるで手妻《てづま》のように、店の者も、子ども十人に隠居夫婦も姿を消したのだ。

稲垣は荒山神社の氏子ではなく、咲耶は一家の誰とも面識がない。だが、宗高は二十歳の長男・与一《よいち》と手習い所が同じで、会えば立ち話をする間柄だった。

「気になる……ちょっと行ってくるよ」

「私もご一緒します」

宗高と咲耶は、とるものもとりあえず、稲垣に向かった。

ツルの言う通り、店の戸に張り紙がされていた。

その前に、同心の長坂と岡っ引きの友助が人待ち顔で立っている。

「もしかして何か事件だとか？」

息せき切っていった宗高に、友助は首を横にふる。

「わからん。だが盗人が入って、家の者を手にかけたってことだって……ないことじゃあるめぇ」

「お、押し込み？」

「まさかとは思うけどな」

黙って懐手《ふところで》をしていた長坂が、向こうから駆けてくる連中に手をあげた。

助っ人の同心や岡っ引きたちだ。駆けつけた閂《かんぬき》開けの名人が戸の鍵《かぎ》を開けるのを、みな輪《わ》になって見つめた。

カタンと戸の鍵が開くや、長坂たちは中に入っていく。

「宗高さん、咲耶さん。このうちに来たことあるかい？」

一度、中に入った友助が顔だけ出していった。

「何度か」

そういった宗高を友助が招き入れる。

「変わったことがないか、見てくれないかって長坂さんが」

「わかりました」

咲耶も宗高とともに中に入った。

店はがらんとしていた。

これまで並んでいた商いものの仏壇や神棚もひとつとして残されていない。塵《ちり》ひとつ落ちていない。

家も店と同様だった。勝手にはざるや鍋、柄杓《ひしゃく》のひとつも残っていない。食器や羽釜《はがま》もない。かまどの灰もきれいに掃除されている。

部屋には箪笥《たんす》も茶箪笥も、飾り棚もおかれていない。床《とこ》の間《ま》も空《から》である。

「いつ訪ねても、この家の床の間には満月が光り輝く様を描いた掛け軸がかけられていたんですが……」

花を絶やさない家でもあり、菜の花、あじさい、桔梗《ききょう》、薄《すすき》、椿《つばき》……季節の花が至るところに飾られていたと宗高は続けた。

「そうだったよな。いったい、みんなどこに行ったやら。もぬけの空だ」

友助がしんみりという。

「開きましたぜ」

門開けの名人の声が庭から聞こえた。土蔵の前に長坂らがいた。

ぎっと重たい戸が開く音がした。

咲耶と宗高も急いで草履をはき、外に出た。

土蔵の中には売り物の仏壇、神棚をはじめとする仏具神具から、着物類が入った簞笥、飾り棚、書籍、鍋やざる、普段使いの食器まで、きちっと詰めこまれていた。

蔵の中にも人の姿はない。少なくとも押し込み強盗の類いではなさそうだと、咲耶はほっと胸をなでおろした。

友助はふりむいて宗高を見た。

「宗高さん、天狗が拐《かどわ》かしたってことはねえか」

賽銭箱《さいせんばこ》目当ての泥棒《どろぼう》を天狗の力を借りて宗高が撃退したという噂から、宗高は天狗に一家言あると思われているふしがある。

「ないとはいえませんが、ご丁寧に家を掃除して家財を蔵にいろいろしまってから家人を連れ去る天狗はいないのではないかと」

「うむ。家財道具類が蔵にきちんと収められているところを見ると、また帰ってくるつもりでおるのかもしれん」

長坂はそういって、戸を閉じ、門をしめ直した。

咲耶は稲垣家のあらゆるところに残り香を感じた。それは、長坂と同じ匂いでもあった。

◇◆◇◆

こんなことが起きるとは、長坂徳之助は考えもしなかった。

天正《てんしょう》十八(一五九〇)年、大閤豊臣秀吉《たいこうとよとみひでよし》が天下統一に成功し、小田原《おだわら》攻めに功労のあった徳川家康《とくがわいえやす》公に関東八か国を与え、家康公が領地替えに応じたとき、長坂の一族は稲垣一族、中山《なかやま》一族とともにも江戸に移った。

当時の江戸は今の日比谷《ひびや》のあたりまで入江が迫る、ひなびた土地だった。満潮になると、汐入地《しおいりち》に海の水が流れこむ。城も貧弱な上、背後には原野が広がり、井戸を掘っても塩分が抜けきらない水しか出ない。

低地ゆえに、大雨に遭《あ》うとすぐに川が氾濫《はんらん》した。

河川を堰《せ》き止め、貯水池を造り、水道をひいた。

川の氾濫を防ぎ、物流の輸送路を確保するために、河川を整え、運河を作った。運河は城を中心に渦を巻くように外に広がり、築かれた堀とともに、城を守る役割も果たすことになった。

河川や運河の開削《かいさく》で出た土砂で、江戸湾に面した湿地帯を埋め立て、船着き場を建設した。さらに神田山《かんだやま》を切り崩した土砂で日比谷入江を埋め立て、町を広げていった。

慶長《けいちょう》五（一六〇〇）年の関ヶ原《せきがはら》の戦いで勝利した家康公がついに征夷大将軍《せいいたいしょうぐん》となり、慶長八（一六〇三）年に江戸幕府を開くと、江戸の町作りは加速した。

やがて江戸城の北西側の高台は家臣の住む武家地に、城の東南側の低地は町人地となっていった。

家康公がこの世を去り、内府さまが次々に変わっても、我らが一族は江戸で生き続けてきた。目立たず、怪しまれぬように常に心を配りながら。

「長坂さま」

ふりむくと、稲垣の店の前で別れた荒山神社の神主の女房・咲耶が駆け寄ってきた。

「何かお気にかかることがあるのではないですか」

咲耶はまっすぐに長坂を見つめる。長坂はその目を穏やかに見返した。

咲耶が京からやってきて荒山神社に巫女《みこ》として入ったときから、この娘はいざとなれば頼れる相手だと思っていた。

「しばしお時間を頂戴《ちようだい》できるかな」

「ええ」

咲耶は何一つ聞き返すことなく、うなずいた。

長坂と咲耶は橋のたもとから猪牙舟《ちよきぶね》に乗った。

「神田川《かんだがわ》を上ってくれ」

やがて長坂は牛込《うしごめ》御門の手前の船河原橋《ふなかわらばし》で右に曲がるように船頭にいった。

しばらく武家地が続き、風景が田畑に変わった。長坂はその先の小さな船着き場を指さした。

「すまんが一刻（二時間）ほど、ここで待っていてくれ」

船頭にそういって少し握らせ、長坂は舟をおりる。咲耶も続いた。

風は少しあるものの、上天気だった。

「駕籠《かご》を使いますかな。しばらく歩きますゆえ」

「いえ、大丈夫です」

咲耶は健脚《けんきやく》だった。長坂に遅れることなくついてくる。

冬枯れの田畑が広がっていた。先の一角に大きな神社が見えた。

「あちらは中野《なかの》村の総鎮守社の氷川《ひかわ》神社です。例祭の折には総護摩行《そうごまぎょう》が行なわれ、湯立神楽《ゆたてかぐら》があげられます。氏子が幟や提灯《ちょうちん》の美を競い、それは美しい眺めです。豊作の年には獅子舞《ししまい》、相撲《すもう》、力石くらべなども行なわれ、近隣の者が集まり、大変な賑《にぎ》わいになります」

塀から伸びた桜の枝のつぼみがふくらみかけていた。

さらに百姓地の間を進んでいくと、畑の向こうにぽつんぽつんと塀に囲まれた広い屋敷が見えた。

「大名家の下屋敷ですよ」

下屋敷はどこも敷地が広いが、普段は留守番くらいしかいない。どこもひっそりとしている。

雲雀《ひばり》が長く鳴く声が空に響いた。

「のどかなところですね」

「ええ。いいところです」

このあたりには土地勘がないようで、咲耶は、きょろきょろあたりを見回しっぱなしだった。

野良仕事の往き帰りの者以外、人通りもない。

つきあたりを、左に曲がると、上り坂になった。こんもりした山に向かって、さらに進んだ。

山に近づくにつれ、風が強くなった。

咲耶の長い髪が風になぶられ、きちっと結《ゆ》い上げた長坂の髪がそそけだつ。

麓《ふもと》の小さな祠《ほこら》の前で、長坂は足を止め、ふり返った。

「おとめやまです」

乙女山ではない。将軍家の鷹狩りや猪狩りなどの狩猟場であり、一帯が立ち入り禁止となっている「御留山《おとめやま》」だ。

「こちらへ」

長坂は祠の後ろに回ると、大きな岩の前に立った。長坂が手を合わせるや、岩に縦の亀裂ができ、音もなく左右にすっと開いた。

長坂はその岩の中に入っていく。咲耶は長坂の後を追った。

いったい、長坂はどこに咲耶を連れていこうとしているのだろう。

長坂とは、荒山神社に来てから続くつきあいだ。特別親しいわけではない。けれど、どこか互いに認め合ってきた。

暗い岩の間を進むと、向こう側にかすかな光が見えた。岩の先はうっそうとした藪《やぶ》だった。藪の間に獣道《けものみち》のような細くまがりくねった道が続いている。

いきなり、まぶしい光に包まれ、咲耶は思わず目を閉じた。

ゆっくり目を開けると、うららかな日差しがあたり一面に降り注いでいた。

水色の明るい空に、刷毛《はけ》ではいたような雲がうっすら浮かんでいる。

大地は緑の下草でおおわれ、練《ね》り菓子のような花がとりどりに咲き乱れている。水音がするほうを見ると、清らかな小川が、ひょうたん型の池に注ぎこんでいた。

「ここは」

「我らが土地でござる」

長坂がうなずくや、下草の中からひょこっと顔が出た。

茶褐《ちゃかっしょく》色の毛におおわれ、きょろんとした目の周りや耳の縁《ふち》が黒い。ところどころに白い毛が混じっている。

その大きな古狸《ふるだぬき》が立ち上がり、くるりと宙で一回転した。大地に二本の足で降りた時、着物と揃いの羽織を身につけていた。ただし、顔や体は狸のままだ。

咲耶は微笑みながらお辞儀《じぎ》をした。

「もしかして福助さん？……」

「はい。仏具神具屋《稲垣》の隠居、福助でございます」

「はじめまして、荒山神社の咲耶と申します」

長坂が咲耶に微笑《ほほえ》んだ。

「やはりお気づきでしたか」

「お店に入ったときに、長坂さまと同じ匂いがしましたので、そうではないかと」

長坂は人が良さそうに微笑む。

「そちらさまは陰陽師《おんみようじ》。妖狐《ようこ》の血も引いておられる」

「ええ。そちらさま方は妖狸《ようり》でいらっしゃる」

古狸は深々と頭を下げた。眉のあたりの毛は真っ白だった。

「このたびはご迷惑をおかけして」

「ではみなさまは今、こちらに」

「へえ、全員でおとめ山に戻ってまいりました。店を閉じざるをえない事態が生じまして。それを打ち明ける前に自分たちが江戸に住んでいたわけを聞いていただけますかな」

「私がお聞きしてよろしいのですか」

「聞いていただきたいのです」

するとど、どこからか狸が数頭現われた。ちょこちょこと動き小さな手で器用に下草の上に緋毛氈《ひもうせん》を敷き、団子やらお茶やら、酒やらをお盆にのせて運んでくる。

長坂に促され、咲耶は緋毛氈の上に腰をおろした。

くるりと宙返りをした長坂は緋毛氈の上におりたったとき、黒羽織を着た妖狸になっていた。


「話は元亀《げんき》三（一五七二）年の暮れにさかのぼります」

稲垣は杯を空《あ》け、重々しく言った。

「元亀三年？　ずいぶん昔でございますね」

「関ヶ原の二十八年前ですよ。織田信長《おだのぶなが》公や武田信玄《たけだしんげん》公が天下を狙い、我こそはと戦っておった荒々しい時代でした」

長坂が補足するようにいう。

豊臣方と徳川家康の天下分け目の関ヶ原の戦いは咲耶も知っている。

だが織田信長やら武田信玄という時代までさかのぼると、武将の名前さえ、聞いたことがあるというくらいだ。

元亀三年、その年に甲斐《かい》の虎とよばれた武田信玄が、遠江《とおとうみ》への侵攻を開始したという。遠江は大井川《おおいがわ》の西にある。

「このとき浜松《はままつ》城にいた内府さまは、織田方の味方と合わせて一万余りの軍勢を率《ひき》いて打って出られた。だが武田軍はその倍以上、およそ二万五千おったといわれる」

長坂が見ていたように語る。当時の家康は一介《いっかい》の武将に過ぎなかった。

一万対二万五千。

どう考えても端《はな》から負けだとわかる戦いだ。

家康は、慎重でしたたかな人物だといわれる。その家康がそんな勝ち目のない戦いに打って出たというのか。

「信長の手前、逃げるわけにもいかなかったのですよ。引いたら信長にやられてしまいますから。しかし、内府さまが自滅を覚悟するわけはない。ちょいと敵にぶつかり、敵が大々的に反攻する前に、すばやく浜松へ撤収しようと画策していたそうですよ」

　咲耶の疑問をくみ取ったように長坂はいった。

「だが、そうはならなかった。というのも、譜代《ふだい》の家臣が内府さまの制止を無視して次々に敵に突入していっちまったんです」

「いうことを聞かずに勝手に？」

　うむと長坂と稲垣狸がうなずく。

「それだけではなく、敗戦が決まりかけると、後に徳川四天王と呼ばれる榊原康《さかきばらやす》政《まさ》ほか多くの譜代家臣が内府さまをおいて遁走《とんそう》したんですよ。頭《かしら》がやられれば負けとなるにもかかわらず、さっさと逃げ帰っちまったんです」

「その上、城に戻るや、『殿は討ち死にした』とか『恐ろしさのあまり脱糞《だっぷん》した』とふれまわった者もおったそうで」

「むちゃくちゃですね。徳川家は忠臣に支えられているとばかり思っていたのに」

　咲耶は目をむいた。

「あのころの徳川の家臣に忠義心がないのも、実は無理のないところもありましてね」

長坂はぽりぽりとあごをかきながら続ける。

家康は子どもの頃から人質として有力な大名のもとを転々としていた。桶狭間《おけはざま》の戦いで、織田信長が今川義元《いまがわよしもと》を討ち、今川家の人質だった家康は十三年ぶりに晴れて三河《みかわ》に戻ったのだが、三河武士が両手をあげて家康に心服《しんぷく》するという次第にはならなかった。

家康の曾祖父・松平信忠《まつだいらのぶただ》は、「乱心」を理由に、家臣に強制的に隠居させられている。祖父の清康《きよやす》も家臣に殺害された。

今でこそ、主君への絶対的な忠誠で知られる三河武士だが、当時は力あるものしか認めない虎狼《ころう》の集団だった。

後に謀臣となる本多正信《ほんだまさのぶ》など多くの家臣が一向一揆《いっこういっき》に参加し、やっと戻ってきた家康と血で血を洗う激しい戦いを繰り広げたこともあったという。

しかし、屈強な武田勢相手に、戦略も何もあったものではなく、主なる家臣たちが思い思いに突撃し、負けそうになったとたん、あっけなく戦線離脱したのだから、さすがの家康ももはやこれまでと思ったに違いなかった。

あっという間に徳川軍は総崩れとなり、戦場に残った兵は武田軍にばたばたと倒された。

「影武者を立て、何とか内府さまは戦場から逃れたが、その影武者も討たれ、内府さまを捜す武田方の声があたりに轟《とどろ》いていたそうだ。そのとき内府さまが迷いこんだのが、狸谷山《たぬきだにやま》大明神の森だったんだ」

「狸谷山⁉」

咲耶は目をぱちくりして、稲垣狸と長坂狸を交互に見た。

「我らが一族の故郷だよ」

長坂はかみしめるようにいい続ける。

「人の世界のことなんざ、放っておけという者もいたが、窮鳥《きゅうちょう》懐《ふところ》に入《い》れば猟師も殺さず。追いつめられた鳥が懐の中に入っては、いくら猟師でも殺すことはできねえってことわざがあるだろ。困り果てて救いを求めてきた人を助けるのが人情、狸情であると、稲垣の先祖がみなを説得し、馬に乗った内府さまを大きな楠《くすのき》の根元のほら穴に隠してやったんだ」

「このとき、馬の尻尾《しっぽ》が出ておると注意したのが長坂の曾祖父。そして腹が減っているだろうと三河味噌を塗った麦飯のおにぎりを内府さまに差し入れたのが、旗本となった中山の高祖父だったんだ」

稲垣狸がしみじみという。

その後、稲垣と長坂と中山の祖先は人に化け、家康を浜松城まで送り届けたという。徳川方に残る兵はわずか二千にまで減っていた。

このままでは、武田軍が浜松城を落とすのは、もはや時間の問題だった。

三狸は混乱の極みにあった家康を見ていられず、落ち着くように励《はげ》まし、ちょっとした入れ知恵もした。

浜松城の門を開け放ち、城門の周囲に明かりをつけ、誰もいないかのように装うようにいったのである。

「武田軍を指揮していた者は、もしかすると、これは徳川方の罠《わな》かもしれぬ。城内に攻め入ったとたんに逆にやられてしまうかもしれぬと大いに疑い、結局、引き揚げていった」

「一気に攻められれば浜松城は難なく落ちて、内府さまもこの世にはござらず、徳川の御世《みよ》もなかった。うまくいったものですよ」

こうして家康は危機を脱し、三匹は狸谷山大明神の森に引き上げたのだが、しばらくして家康が再び、森にやってきた。

狸の好物である干し柿や干し芋、鰻《うなぎ》の蒲焼き、鯛《たい》の一夜干し、甘い白酒、甘酒皮の饅頭《まんじゆう》などを携《たずさ》え、三匹に差し出すなり、深々と頭を下げた。

――わしのそばで、わしを支えてもらえないか。人として生きてもらえないか。

三匹は即座に断った。妖狸は遊び暮らすのが信条。窮屈《きゅうくつ》そうな人間世界で生きるなどまっぴらごめんだ、と。しかし、家康はあきらめなかった。

――わしは戦《いくさ》のない国を作りたい。人はもちろん、狸も安心して生きられる国を作りたいのだ。

はじめに「その話、のった」といったのは稲垣の祖先だった。

「年がら年中、戦ばかりで、狸のみならず、狐も猪も困っておるからな」と。

次に長坂が、そして中山が「人の世界を見るのもためになりそうだ」とうなずいた。

江戸が開かれると、家康はこの御留山を妖狸に与えた。さらに江戸を見守り続けてくれという家康の遺訓《いくん》も三家に残された。

というわけで今日まで、稲垣家は仏具神具屋として、長坂家は同心として、中山家は旗本として暮らし続けてきた。

三家の家人はもちろん、奉公人もみな妖狸である。

しかしいくら妖狸といっても、代々、四六時中、まわりに一片《いっぺん》の疑いも抱かせず、人に化け続けるのは至難の業《わざ》である。

「これを見てくだされ」

長坂が腰から根付を取り、咲耶の手にのせた。

おなかがぷくんと丸い狸が腹鼓《はらつづみ》を打っている、愛嬌《あいきょう》のある狸の意匠《いしょう》だ。

年季のせいか手入れのせいか、その両方のせいか、黒檀《こくたん》のようにつやつやと黒光りしている。

手の平の上の根付は思ったよりずっと重かった。

「狸谷山大明神の森に生えていた柘植《つげ》で作り、我が一族が念をこめた特別な根付でござる。三家の当主が代々、受け継いできもうした」

これひとつで、家の者すべての霊力を倍加できる根付だという。

「人前で、狸の姿に戻るという失態を演じなくて済んだのはこの根付のおかげでして。それを失うとはわしも……」

稲垣狸は唇《くちびる》をかんだ。

根付をなくしたために、まず孫が化け続けることが難しくなり、次に女中、手代、嫁……ついには稲垣本人も狸に戻る時間が必要になった。

「狸に戻れば月のきれいな晩など、つい外に出たくなってしまう。私が止める間もなく、孫や女中が庭に出てしまって、その姿をせんべい屋の草加さんに見られたのは、いかにも不覚でございました。もうこれ以上、橘町にいる危険を冒《おか》すことはできぬと、みなでこちらに移った次第です」

「草加さんが見た緑の目って……」

「向こうさまの厠の裏と、我が家の蔵の裏が背中合わせになっておりまして……」

そういわれれば、草加の庭の裏に蔵の屋根が見えた。あれは稲垣の蔵だったのか。

「もし根付が戻ってくれれば、また稲垣さまはあの店に戻ってこられるのですか」

「はあ、そのつもりでおります。無理なく戻っていけるよう、手だても考えておりますが……そのためにも、仲間が身を削るようにして作ってくれた大切な根付を捜し出さなければ。……咲耶さん、お力をお貸しいただけませんか。なんとかして根付を取り戻したいのです」

稲垣狸がずんぐりした体を曲げ、長坂も深く頭を下げた。

野っ原にひょこひょこと狸が何匹も顔を出し、その狸たちも礼儀正しく頭を下げる。稲垣家ゆかりの狸だと思われた。

「どこまでお役に立てるかわかりませんが」

咲耶はうなずき、胸から式札を取り出すと、手の平の上の、長坂の根付にそっと押し当て、形を覚えさせた。そういう日が来るかどうかはわからないものの、それらしい根付が見つかったときに、式札が覚えた根付と比べることができる。

帰りの猪牙舟にゆられながら、咲耶はすっきりと晴れた空を見上げた。

咲耶はまるで夢を見ていたような気がした。狸に化かされたのかもしれないとも思う。

だが、隣には長坂がいた。人に戻った長坂は隣で腕を組み、半目を閉じている。じっと見ていると、本来の妖狸の姿が二重写しになる。

猪牙舟をおりると咲耶は長坂に尋ねた。

「長坂さまも、御留山では飲めや歌えをなさるのですか」

「ああ、腹鼓を打つのは気持ちがよいものでござってな」

「今のお姿からは想像がつきませんが」

長坂は目を細める。

「八丁堀の屋敷で満月の日、腹鼓を打とうものなら、近所中大騒ぎになりますからな。われらの腹鼓は遠くまでぽんぽんと心地よく響き渡るんですよ」

「人の中で暮らすご苦労もありますでしょうね」

「この仕事はご先祖が選んだものですから。うちは町を守る。稲垣の家は人の気持ちを鎮《しず》める。中山は徳川の　政《まつりごと》を見守ると」

長坂はそういうと、風をよけるように襟《えり》を合わせた。

「旗本の中山さんも御留山にいらっしゃるんですか」

「たまには。ですが今は大坂《おおさか》町奉行として、大坂に行っております」

大坂町奉行は、商人の町である大阪の市政一般をつかさどる。それだけでなく、摂津《せっつ》、河内《かわち》、和泉《いずみ》、播磨《はりま》四か国の幕府直轄地の訴訟なども担当していた。

◇◆◇◆

長坂と別れ、気がつくと、咲耶の足は再び、稲垣に向かっていた。

戸にはられた張り紙が夕陽に染まり、ひらひらと風にゆれている。町の中でそこだけしんと静かだ。

根付が見つからなければ、稲垣たちは戻ってこない。だが根付はこの世から消えたわけではない。誰かが今も持っている。

稲垣から三軒先に、狸饅頭で人気の《俵屋《たわらや》》があった。狸饅頭は宗高の好物だ。誘われるように咲耶は中に入った。

茶色の皮に狸の顔の焼き印が押され、鼻のところに甘い大納言《だいなごん》が一粒ついた饅頭が木箱に並んでいる。

「おや、咲耶さん、いらっしゃい」

狸顔の主の安吉《やすきち》が福々しい顔でいう。小太りで腹鼓するのにちょうどいい体型だが、安吉は狸ではない。

「五つ、包んでくださいな」

主の安吉がひとつおまけだといい、手際よく六個を竹の皮でくるむ。

「稲垣さんとこにおいでなさったんですか」

「ええ。どうなさったのか、心配で」

安吉は笑顔のまま、首をかしげた。

「案外、心配はいらねえかもしれませんぜ。お伊勢《いせ》参りにでもいったんじゃないのかって、このへんの者は言ってるんですよ」

「お伊勢参り？」

伊勢参りは江戸人の憧れの大旅行だ。

伊勢神宮を目指してひたすら歩き、参拝後は道中にある観光名所やさまざまな寺社に立ち寄り、出発から帰るまで数カ月をかける者も少なくない。秋葉山《あきはさん》、熱田神宮《あつたじんぐう》はもとより、京、金毘羅《こんぴら》などまで足を延ばす者もいる。

急に思い立ち、仕事をほっぽりだして、お金も持たずに旅立つ輩《やから》もいた。施行《せぎょう》を受ける目印のひしゃくがあれば、食事や宿などの心配をせずとも旅ができるからだ。無一文の旅人に施行を与えれば徳を積むことができると信じられていた。

「数日前に大旦那の福助さんが、全員の通行手形を頼んだそうですよ」

通行手形は簡単には手に入らないものだが、お伊勢参り目的は例外で、無条件で手に入れることができた。

福助は御留山で、人の世界に戻るための手だてを考えているといった。伊勢参りを隠れ蓑《みの》にするつもりだったのかと、咲耶は舌を巻いた。

さすが狸爺《たぬきじじい》だ。そうと知っていたはずなのに一言ももらさなかった長坂も、やはり狸である。

夕飯のあとお茶をいれ、俵屋の狸饅頭を出すと、宗高は一個手に取り、まじまじと見つめた。

「そういえば俵屋の主の安吉さん、狸にちょっと似ているよな。案外、人に化けた狸だったりして」

「安吉さんが聞いたら、気を悪くしますよ。狸だなんて」

「そうかぁ？　狸は饅頭とか人形焼きになる。親しみやすいんだろうな。人にまぎれて暮らしている狸がいても不思議ではない気がする」

ひやりとするようなことを宗高はさらりという。

「咲耶も食べろよ」

饅頭の皮はふわりとして、さらさらしたこし餡《あん》が上品な味わいだった。

安吉が、稲垣の一家は伊勢参りに行ったのではないかといっていたことを伝えると、宗高は首をひねった。

「あのしっかりしている稲垣の福助さんが、誰にも明かさずそんなことをするかねぇ。わざわざ全員で出かけるか？　福助さんなら、せめて家人や奉公人を半々に分けて、店を続けようと考えそうなものだが」

宗高はそういって、また狸饅頭に手を伸ばす。

「稲垣さんの根付がとられたっていってただろ。あれ、見つかったのかな。なんか気になるんだよ」

何も知らないのに、気がつくと真実に近づいている。これが宗高である。

「宗高さんの虫の知らせですか?」

「根付が見つかれば稲垣さんたちが戻ってくる、そんな気がする。なんの根拠もないけどな」

　宗高はまた饅頭に手を伸ばした。


　ミヤがぷりぷりしてやってきたのはその翌日だった。

「巾着をとられた?　ミヤが?」

　昨夕、棒手振《ぼてふ》りの魚を吟味《ぎんみ》しているところに、男がぶつかってきて、魚を買おうとしたら巾着がなくなっていたという。

「どんな巾着だったの?」

「絹織物に金糸の招き猫の刺しゅうが入った値打ちもんよ」

「紐を切られちゃったの?」

　ミヤが目を見はる。瞳孔が大きくなったり小さくなったりした。

「刃物を使う掏摸?　違うわよ。そんなど素人《しろうと》にあたいが巾着を盗られたわけないでしょ。手妻のように財布をするりと抜き取るってのが、古今東西、掏摸の腕の見せ所じゃない。刃物を使うヤツなんて、掏摸の風上にもおけないわよ」

なぜかミヤは胸をはる。

稲垣は、財布ではなく紐を切られて根付をとられた。

稲垣の隠居の根付をとったのは、横行している掏摸の一味、そのはしくれかとばかり思っていたが、そうではないかもしれないと、咲耶ははっとした。

「とにかくそいつを捕まえて、ぎったぎたにしてやんなきゃ気が済まない。逃がさないわよ、覚えとけってんだ」

それだけいうと、くるりときびすを返した。数歩進んでまたふりむく。

「仏具神具屋の稲垣、店を閉めたってね。あの福助狸に何かあったのかな」

「お伊勢参りに行ったって話よ」

「そんなよた話、信じてるの？　何かが起きたに決まってる。一族で姿を消したなんてさ」

ミヤが帰ると、咲耶は家に戻り、金太郎とぼたんの前に座り、これまでのことを語った。

稲垣の隠居・福助の根付を捜す手伝いをしてくれないかと頼むと、金太郎は例によってぷいと横を向いた。

「なんでわしが見も知らん妖狸に親切にせな、あかんねん」

「金ちゃん、咲耶さんが困った顔をしているよ」

ぼたんが金太郎をなだめるようにいう。

「いつもすぐにおいらに頼りよる」

「頼るのは、よくよくのことよ」

「けど、いっつもただでわしのこと……」

「咲耶さん、その根付のこと、もうちょっとくわしく教えて」

ぼたんは金太郎の言葉をさえぎり、ずばっと聞いた。

「これと同じものなの」

長坂の根付を触った式札を取り出し、唇をきゅきゅっと動かすと、そこに根付の形がふっと浮かび上がった。金太郎がぶはっと爆笑した。

「妖狸が腹鼓の根付？　こりゃ、傑作でおますな」

「金ちゃん、なぜ笑うの。金ちゃんが熊と相撲をとっている根付を持ってたら、おかしい？」

ぼたんの言葉に、うっと金太郎が詰まる。

「わし、根付なんて持ってへん」

「困ってはる人、もとい狸が、もとい妖がいたら、どうしたんや、助けがいらへんか？　そういうのが金ちゃんだと思ってた。足柄山《あしがらやま》の金太郎は強きをくじき、弱きを助け……強いから優しいんやない？」

「そうなんか」

金太郎は子どもの付喪神だ。一本気で思慮《しりょ》深くはない。

金ちゃん、ぼたんちゃんとでれでれしていると、同い年くらいに思えるが、ぼたんはもしかすると平安の昔から生きていたわけで、金太郎などぼたんからすれば、孫、ひ孫、いや玄孫《やしゃご》みたいなひよっ子である。

「金ちゃん、入内雀さんにも聞いてもらえないかしら」

咲耶が重ねて頼むと、金太郎はまた横を向きかけた。すかさずぼたんが甘い声でささやく。

「私、強くて優しい人が好き？　で、どうするん？」

「……し、仕方ない。入内雀に聞いてやるか」

「そういってくれると、ぼたんは信じてた」

見事にぼたんの手の平でころころと転がされた金太郎はへへへと満足げに笑っ

た。ぼたんは女として凄腕《すごうで》だと咲耶は感心せざるをえない。

◇◆◇◆

それから雨の日が続いた。根付の情報はひとつも届かない。

雨が降っても、三婆は社務所に毎日通ってくる。

「巾着切り。別の町に移ったってさ」

ウメがぱりっとせんべいをかじりながらいった。ウメは歯が丈夫なのが自慢で、ツルが売り物にはならない割れせんべいを持ってくると真っ先に手を伸ばす。

「岡っ引きたちが目を光らせてるから、商売をやりにくくなったんじゃないの？」

「巾着切りが移動したら、岡っ引きも移動するの？」

「たぶんね」

「あの仕事も大変だねえ、長坂さまと友助さんをさっき見かけたよ。雨の中、歩き回ってた」

「ご苦労さまだよ」

三人にお茶を出しながら、咲耶は雨音に耳を傾けた。

福助狸はどうしているだろう。

妖狸は御留山にあるもうひとつの世界に暮らしている。

一年中気持ちのいい風が吹き、まぶしい太陽が照り、大きくきれいな満月が皓々《こうこう》と輝く世界に住んでいる。

緑豊かな草原が広がり、こんもりと茂る森には小鳥たちが住み、小石が見えるほど澄んだ小川と池には魚が泳ぎ、夜になれば満天の星が広がり、蛍《ほたる》が舞い飛ぶ。ときに降り注ぐのは柔らかく暖かな慈雨《じう》だ。

毎晩、緋毛氈を敷き、飲めや歌えの大宴会が開かれ……何不自由なく、おもしろおかしく、のんびりした暮らしを送ることができる。

そんな世界がすぐそばにあるのに、祖先が家康に頼まれたからといって、妖狸が人間世界で人間に化けて律儀《りちぎ》に、何百年も暮らさなくてもよさそうなものではないか。

とっくに戦《いくさ》はなくなり、世界は穏便にまわっている。

なぜ、長坂は同心として、中山は旗本として生きるのをやめないのだろう。稲垣も、根付が戻ってきて化け力が持続するようになれば、人間世界に戻ってくるようなことをいっていた。

　寒さ暑さに身をふるわせ、気苦労も山積み、ばれたら追いかけられる危険も一身に呑みこみ、人の世界で生きるのはなぜなのだろう。

　ミヤや三吉だってそうだ。化け猫と三つ目小僧という正体を隠し、人の中で生き続けている。居酒屋《マスや》の女将で、妖・けらけら女のマス、馬喰町《ばくろちょう》の湯屋《駿河湯《するがゆ》》の釜焚きの小豆洗《あずき》いの貞吉《さだきち》も。

　そのとき、宗高が社務所に入ってきた。

「よく降りますな」

　宗高は人懐《ひとなつ》っこい顔で三婆に声をかけた。

「宗高さん、お掃除、終わりましたかな」

「ささ、どうぞ座って」

「これ、うちのおせんべい。形は悪いけど味は保証するよ」

　優しく人当たりのいい宗高は、三婆のお気に入りである。

　そのときだった。雨音の中に、「神妙《しんみょう》にお縄につけい」という長坂の声が遠くから響いた。

三婆は素早く立ち上がり、唐傘《からかさ》をちゃんとひっつかんで社務所を飛び出し、声のしたほうに駆けていく。

一の鳥居の向こう側で、十をひとつふたつ過ぎた子どもの腕を、友助がねじ上げていた。その傍らで、別の岡っ引きが十六、七と思われる瘦《や》せた娘に縄をかけている。

遠巻きにした人たちが顔を曇らせて見ていた。江戸者は物見高いが、取り押さえられているのが子どもなので、さすがにかわいそうに思っているのだろう。

「離せ！　触るな。あたいが何をしたっていうんだ」

娘は縄をかけさせまいと体を動かし、歯をむき出して叫ぶ。

「おまえが盗み、あの子が受け手だって、もうばれちまってんだよ。ほら」

友助は男の子の懐から、男ものの綴《つづ》れ錦《にしき》の財布をすっと取り出した。

獣のように暴れていた男の子もたちまち、泥まみれのまま、縄でくくられた。

「こんな子どもが掏摸を働くなんて。親はどうしてんだか」

捕り物の様子を、目を皿にして見ていたウメが、ようやく我に返り、嘆《なげ》くようにいった。

「宗高さん、お手間をおかけするが、自身番に同行してもらえますかい」

「私ですか？」

宗高が自分の鼻の頭を指でさし、長坂を見た。長坂は笠をかぶっているものの、肩から下はすっかり濡れそぼっている。頬かむりだけの友助たち岡っ引きは濡れ鼠《ねずみ》だ。

「われらがこやつらを捕らえたのは鳥居の外。寺社内ではなかったとの証言をお願いしたく、できましたら咲耶さんも」

寺社の敷地は「寺社領」と呼ばれ、寺社奉行の直轄だ。町方は大名や旗本屋敷に許可なく立ち入れないのと同様に、寺社にご用向きで立ち入ることは許されていない。

ではあるが、荒山神社に逃げこもうとした二人をすんでのところで捕まえたのを多くの人が目撃している。旗本屋敷ならいざ知らず、固いことをいう者もいない。証言だけとしても、宗高一人でも事足りる。

「咲耶、着替えを持っていってやったほうがいいんじゃないか」

「そうですね。すぐに追いかけますから、どうぞお先にいらしてくださいな」

長坂が咲耶も名指ししたのは、何かわけがある。それはなんだろうといぶかりながら、宗高の着物を三枚、それに加え自分の着物とかつて座敷童《ざしきわらし》に着せた子ども用の着物も風呂敷に包み、咲耶は自身番に向かった。

まもなく桜の季節であり、自身番に火の気はなかった。けれど雨のせいで、じっとりと冷たい湿気が下から上がってくる。

濡れた着物を脱いで下帯姿になった友助も、黒の羽織を脱いだ長坂も、娘も子どももカチカチと歯を鳴らしている。

「風邪をひいたら大事ですので、こんなものでございますが、とりあえず、お召し換えになってください」

咲耶は長坂と友助、もうひとりの岡っ引きにも着物を手渡した。

自身番に財布をとられた人の姿はなかったが、後から現われるのだろうと咲耶は気にも止めなかった。

縄をかけられたふたりにも着がえさせてやりたいといった咲耶に、長坂はうなずいた。

男の子の着替えは友助が、娘の着替えは咲耶が手伝った。ちょんのま、式神で娘の動きを封じたが、娘は逃げようとしなかった。

「きょうだいなの？」

娘はかすかにうなずく。だが、咲耶が髪の毛の泥をぬぐってやろうとすると、頭をふり払い、咲耶をにらみつけた。

「どうせお白州《しらす》に引き出されるんだ。情けなんて無用だよ」

姉弟が着ていたものは元の色がわからないほど褪《あ》せていた。いたるところにつぎはぎがされ、濡れているせいなのか、むっと動物のような臭いがした。

弟の髪の毛はかろうじて一本に結ばれているが伸び放題だ。姉のほうは、器量《きりょう》は悪くないのに、櫛《くし》巻きした髷《まげ》がぐずぐずになっている。

「お縄になって、何て言い草だ。手癖《てくせ》も悪い、口のきき方も知らねえ。ろくなもんじゃねえ。おまえたちの親は何をしてんだ。やっぱり盗人《ぬすっと》か」

「母ちゃんを悪くいうな」

男の子が着替えを見守っていた友助を突き飛ばした。

「何をしやがる。小童《こわっぱ》！」

拳《こぶし》をふり上げた友助を、弟は憎々《にくにく》しげににらみつけた。

「そこまでだ。あとはやめとけ」

長坂が低い声でいった。

姉弟はそれからだんまりを決めこんだ。

「ずっとここにいるつもりなのか。おまえらが素性《すじょう》を明かさぬ限り、家には戻れん。やがては小伝馬町《こでんまちょう》の御牢に送ることになる。年もわからんのでは、子どもだからと温情を施《ほどこ》されることもない。おっかさんと二度と会えんぞ」

子どもが殺人・放火などをおかしても死罪にはならない。こうした大罪の場合は、十五歳まで親類などに預け、その後、遠島などに処される。かっぱらいなどの軽い罪なら、寺にお預けなどで済むこともある。

だが牢屋敷へ送られたら命の保証がないことを、誰もが知っていた。病死する者も多い。金のない者や恨みを買っている岡っ引きなどは、水で濡らした紙を顔にはられ、暗殺されるとも聞く。

姉弟を牢で待ち受けている運命は絶望的といっていい。

長坂は、先ほど弟の懐から抜き取った財布をぽんと姉の前に投げた。姉の頬がひくっとひきつる。

財布を見た咲耶ははっとした。根付が切られていた。刃物ですぱっと。

「おめえ、刃物を使うのか？」

姉は唇をかみ、ぷいっと横を向いた。友助が娘の巾着を検《あらた》めると、小さな握りばさみが出てきた。

「こんなもんを使うところを、先日まで居座っていた掏摸の一味に見つからんでよかったな。ど素人が自分たちの縄張りを荒らしていたと知ったら、無事ではおられなかった。簀巻《すまき》きにされて大川にざんぶだ。……誰にこんな入れ知恵をされたんだ？」

姉弟はぶるぶると震えはじめた。寒さではない。おびえていた。自分たちのしでかしたことに。

拳を握りしめていた姉の表情が歪《ゆが》んだ。

「とったのは今日のも入れて二回。最初は……頼まれたんだ」

「頼まれた？」

娘はうなずいて、きのと名乗った。弟の名は銀太《ぎんた》で、ふたりは本石《ほんごく》一丁目の与三郎《よさぶろう》長屋に、母親・せつと三人で暮らしているという。

飾り職人の父親は二年前に、女と出ていった。

それから母・せつは居酒屋《大野《おおの》》で働き、暮らしを支えてきたが、半年前にはやり病を得て、寝たり起きたりが続いている。今は、きのが母の代わりに大野で働いてなんとかやりくりしているという。

きのは子どものころからすばしこく、飾り職人だった父親に似たのか手先も器用だった。小さな居酒屋でも、料理やちろりを運ぶ姿に無駄がない。床に何かおかれても、ひょいっとよける。

大野のおかみは気がよく、一人ぐらしの客の袖《そで》がほつれていれば気軽に直してやったりもしていたのだが、いつしかそれはきのの仕事になっていた。きのの指は自在に動き、針仕事などお手の物だったからだ。

その男は数カ月前から、大野にたびたび顔を出すようになった。

いつもひとりでやってきて、半刻（約一時間）ほどで帰っていく。常連の職人たちが気さくに話しかけても、おざなりの返事をするだけで、誰とも親しくならなかった。

ある日、店に忘れ物をした職人を、きのは走って追いかけた。人がふり返るような見事な走りっぷりだった。

男はそれできのに目をつけたようだった。店に戻ってきたきのに耳打ちした。

——ある隠居の根付を盗ってくれないか。

——ご冗談を。そんなこと、できませんよ。

——おまえならできる。隠居にぶつかりざま、根付の紐をはさみで切るだけだ。

——あたしに咎人《とがにん》になれっていうんですか、

――相手は訴え出たりしない。弟がいたな。根付をとったら弟に渡し、すぐに別々の方向に逃げれば追いかけてもこない。

――おそろしい。もうこの話はやめに終わりにしてくださいな。

――礼ははずむ。おっかさんの病で金がいるんじゃねえのか。医者にも見せたいだろう。根付は好きにしていい。結構な値打ちものだ、質屋に持っていけばいい金になるぞ。

「そのとき、無理矢理、二両握らされて……ご隠居さんの名前を知らされました」

稲垣の隠居・福助だった。

「……そんな金、見たことなかった。これがあれば、おっかさんに薬を買ってやれると思った」

さっさと懐に入れろと男に急《せ》かされ、金を受け取ってしまったが、眠れない日が続いた。やはり自分にはできないと、金を返そうとしたが、男は二度と店に来なかった。どこに住んでいるかもわからない。

二両という大金をもらいっぱなしでは騙《かた》りになってしまう。やるとだまして金を巻きあげたことになる。

いた。


どうしよう。どうしたらいいんだろう。

悶々と悩んだ挙句《あげく》、きのは福助の様子をうかがいはじめた。

福助は洒落《しやれ》た着物を着て、うまいものを食べ、唄や太鼓の稽古に熱心に通っていた。

それが毎日だ。いい気なものだ。こっちは食うや食わずで、ぼろを着て、年中腹を空《す》かせているのに。

母親のせつは冬中、咳《せき》をしていたが、暖かくなってようやく咳が止まった。長屋のおかみさんたちは、病は治っているのだから、あとはしっかり身になるものを食べさせて養生すればいいといった。

だが、余分な食べ物を買う金がどこにある。

隠居が昼飯に鰻屋に入ったその日、きのは魚屋で鯵《あじ》を買った。隠居が料理屋で川柳の会をした日、きのは鰻飯を母親に食べさせた。

金に手をつけてしまったのだ。もう後戻りはできない。

そしてその日、捕まってもしようがないという気持ちで、きのは福助の根付を切った。

弟の銀太が走っていく後ろ姿が消えると、きのは町をほっつき歩いた。気がつくと柳原《やなぎわら》の土手にきていた。

自分は咎人だ。盗人だ。弟の銀太まで巻きこんでしまった。

土手の柳に手をかけながら、きのは吐いた。胃袋はからっぽで出てくるものなどないのに。涙をこぼしながら、げえげえと吐いた。

銀太から根付を受け取ると、どういういきさつがあったのかは一切話さず、このことは忘れるようにといった。銀太も、真剣なきのの表情に気圧《けお》されたように口をつぐんだ。

魚を毎日食卓に出すようになって、母は日に日に元気になった。

――この魚、高かったんじゃないかい？

――魚屋さんがおまけしてくれるのよ。

――そんな魚屋があるのかい。

――まあね。

――年頃の魚屋だろう。おまえにほの字なんじゃないのか？

――どうだろ。

――一緒になってくれといわれたんじゃないのか？

――おっかさんと銀太をおいていけるわけないでしょ。

――すまないね。でももう少ししたら起き上がれる。そしたら働けるから。おまえも嫁に行ける。

なんとか母をいいくるめることもできたと、きのはうっすらと笑った。だが咎人の自分は一生、嫁になど行けないと続ける。

「風の噂で稲垣が店を閉じてしまったと聞いて、気になって気になって。それで今日、銀太と、稲垣を見に来たんです。そして張り紙を読んでいたとき……あの男が通りかかったんです。私に根付をとれっていった男が」

なぜその男の財布をすろうと思ったのか、きのにもよくわからない。

自分たちきょうだいに罪をおかさせ、知らんふりを決めこんだ男に腹を立てていたからか。

あんなことを頼んでおいて、目があっても、きのの顔を覚えていなかったのがやりきれなかったからか。

根付をとられた隠居を気の毒に思った腹いせだったのかもしれない。

一度手を汚してしまったのだ、かまうもんかとも思った。

姉ちゃん、やめようよと、銀太は止めたが、きのは聞かなかった。

どんとその男にぶつかり、「あいすみません」といいがてら、はさみをちょんと合わせ、財布をとってしまった。

ううっとうめき声が聞こえた。

ふり返ると、宗高がぐすぐすいっている。

「おきのさんが悪いとは思えん。悪いのはその男ではないか」

ああ、またはじまったと咲耶は天井を見上げた。宗高は涙もろく、話の当人が涙する前に盛大に嗚咽《おえつ》をもらしはじめてしまう。

祈禱《きとう》や掃除を熱心に行ない、人の身に寄り添おうとする神主でありながら、宗高が今一つ軽んじられるのは、この泣き癖のせいだった。

案《あん》の定《じょう》、宗高が泣くのを見て、きのと銀太の涙は出る前にひっこんでしまったようだ。

「あの男が騒ぎの中、姿を消したのはそのせいか。盗られた財布を取り戻そうともしねぇでいなくなっちまうなんて、おかしな話だと思ったんだ。くそっ」

友助は悔しそうに舌打ちした。

「おきのさん、ご隠居の根付はどうなさったんですか。売り払ってしまいましたか」

咲耶は思い切ってたずねた。きのは、咲耶を見て、首をゆっくり横にふった。

「売ったら、足がつくかもしれないから」

きのは脱いだ着物の襟元の糸を一本抜き、裏に縫いつけていた小さな袋を取り出した。袋を逆さにすると、ころんと腹鼓を打っている狸の根付が出てきた。

「わっ」

「おおっ」

咲耶と長坂は顔を合わせた。

稲垣狸の根付である。

長坂の目がほんの一瞬、真ん丸になった。

◇◆◇◆

それから十日ほどして江戸の桜がいっせいに開いた。

稲垣はその日、再び店を開けた。

「江《え》の島《しま》に行ってたんだって？」

「家族奉公人みんなを引き連れてお参りに行けという、夢のお告《つ》げがあったんだとさ」

社務所では三婆が噂話に興じている。

「それを真《ま》に受けて、実行しちまったとは、福助さんも信心深いね」

「あれで案外、数寄者《すきもの》だから」

「おかげ参りのお礼に、三日ばかり、品物を割引してるって」

「線香でも買おうかな」

「いいね」

三人はお茶を飲み干すと腰をあげた。

三婆を見送りがてら、咲耶も境内に出る。

「稲垣さんにどうぞよろしくおっしゃってくださいね」

三婆はほいきたと請けあい、楽しげに出ていく。線香とはいえ、買い物はいくつになっても心躍るものらしい。

境内の古木の桜が薄紅色の雲をまとっていた。数日前にほころんだと思ったら、あっという間に満開となり、早くもちらちらと花びらを散らしている。

鳥居をくぐってくる長坂の姿が見え、咲耶は軽く腰を折った。

長坂は本殿で柏手を打ち、お参りを済ませると、桜の木の下にいた咲耶に駆けよった。

「稲垣さんたちが戻られ、お店も再開されたそうで」

「いろいろご尽力いただき、かたじけない」

自身番に長坂が咲耶も呼んだのは、稲垣の根付事件と同様、刃物を使った巾着切りだったたからだった。落としの長坂だ。取り調べ中に、根付捜しの手がかりとなる言葉を、きのから引き出せると思ってはいたのだろう。

けれど万が一、きのがだんまりを決めこんだときには、咲耶の陰陽師の力で、きのから根付の行方を聞き出してもらおうと思ったのかもしれない。

だが、きのが襟裏に根付を縫いつけていて、その場で一件落着となった。財布は手つかずで戻り、男自体も姿を消したため、長坂は友助らを説得し、きのと銀太を不問にすることにした。二度と罪を犯さないと約束させ、きのと銀太はお解き放ちとなった。

自身番から出て行くとき、男から受け取った二両をどうすればいいのかと、不安げに尋ねたきのに、長坂は「おっかさんにうまいもんを食わしてやれや」といって、きのと銀太を号泣させたのだった。

「このたびのことでは、考えさせられましたよ」

世間には明らかにしていないが、根付を盗むようにと、きのに頼んだ男は、稲垣の手代だったと、長坂はため息まじりにいった。

人の世での名は成太郎《せいたろう》という。十六から稲垣で働きはじめ、九年目だった。

「成太郎はそれなりによくがんばっていたんです。ですから成太郎のしでかしたことを知った稲垣の女房や女中などはたまげてひっくり返り、死んだふりをしたほどで……」

狸は驚くと、死んだふりをする。

「なぜ、稲垣家の根付を……」

「根付がなければ、人間界で暮らさなくても済むと思ったと申しました。……どうやら嫁とりの話がきっかけのようで。ぽっちゃりかわいい娘狸と成太郎は見合いをし、互いに憎からず思っていたのだそうです。ですが二月《ふたつき》ほど前、娘狸から、やはり御留山で暮らしたいと断りが入ったそうで」

「まあ……」

「こっちの暮らしが性《しょう》に合わない狸もおります。いや、そのほうが多い……成太郎もひとこと相談をすればよかったものを。いたくないという狸を無理矢理、人の世に縛りつけるつもりなど毛頭ないのでござるが」

だが、稲垣家ではみなが一所懸命立ち働いていて、自分ひとりがやめたいと切り出しにくかったと、成太郎は泣いたという。

「でもどうしてあの日、成太郎さんは御留山を離れ、江戸の町に来ていたんですか」

「娘狸に、かわいいかんざしを買ってやりたかったとかで。まったく調子だけはよくて、困ったものです」

稲垣一家は戻ってきたが、その中に成太郎はいなかった。

成太郎は御留山で長老狸たちから、厳しくしかり飛ばされたらしい。

きのという娘を巻きこんだのは狸の風上にもおけないと、つるし上げをくらい、償《つぐな》いを命じられたという。

成太郎は今、十日に一度、きのの長屋に通い、御留山でとれた魚や木の実などを「ご存じより」という文《ふみ》をつけて、秘かに届け続けているらしかった。

「まるで鶴女房か狐の恩返しのようですね」

「狸の恩返しもありますぞ。我らは恩や情を忘れぬ妖ですからな」

まんざらでもなさそうに、長坂は鼻を鳴らし胸をはる。

「長坂さまご自身は、妖狸に戻り、御留山で暮らしたくなることはないんですか」

「あるといえばある。ないといえばない。そんなところでしょうかな。……いくら取り締まっても罪を犯す人はいる。貧乏もなくならない。夏は頭から湯気が出そうだし、冬は手足の先から凍りつく。とはいえ、人の世も捨てたもんじゃないと自分に言い聞かせているうちに、本当にそう思えてきたのかもしれませんや。……なじんだ人たちもいますしね。友助は働き者で気がいいし、十亀屋のトキの笑顔は天下一品。宗高さんと会えばすがすがしい気持ちになるし、懐の深い咲耶さんにはつい妖狸のことまで打ち明けたくなる。これで結構、こっちの世が気に入っているのかもしれませんな」

長坂は苦笑すると、一礼して去っていった。

「根付なんやけどな、稲垣の隠居が持ってるそうや」

家に戻ると、金太郎がいった。

金太郎とぼたんの間に入内雀がちょこんと座っている。入内雀の耳には、江戸中の雀の話が入ってくる。

何万羽の雀をもってしても、きのの襟の裏に根付が縫いつけられていたことはわからなかったが、今朝から店を開いた稲垣の隠居が腰からぶら下げていた根付を、その日のうちに見つけたのはさすがだった。

「まあ、そうだったの。入内雀さん、ありがとう。助かったわ」

すでに知っていたことは伏せて、咲耶は礼をいったが、金太郎はぷっと頬を膨《ふく》らます。

「それだけかいな」

「ちょっと待って」

急いで米びつからひとすくい、皿にのせ、入内雀の前においた。

入内雀は米が好物で早食いだ。あっという間に米を平《たい》らげると、礼をいうようにチュンチュンと鳴き、飛んでいった。

「ねえ、金ちゃんとぼたんちゃんは、付喪神になったときのこと、覚えてる？」

咲耶がふたりに尋ねると、金太郎は首をひねった。

「そんなん覚えてへん」

「うちも。気がついたらそうなってたよし」

「付喪神になりたかった？　なってよかった？」

ふたりは顔を見合わせ、いぶかしげに咲耶を見た。金太郎が口をとがらせる。

「壊れたら付喪神にはなられへんからな」

「そうよねぇ」

「人の世界で生きるのはしんどくない？」

「考えたこともありまへんな。おれらは壊れたら仕舞いや。それまでは生きる。それだけやな。ぼたんちゃんは？」

「つらいこともあったけど、今は金ちゃんと咲耶さんと入内雀さんと仲良うしてもろて、幸せや」

そのとき、ミヤと三吉がやってきた。キヨノが出かけるのが見えたので、遊びに来たという。

「ばあさん、どこに行ったの？」

「稲垣に行ったの。安売りやってるから。掘り出し物を見つけてくるって張り切ってたわ」

ケチといいたくなるほど、キヨノは吝《しわ》い。

氏子たちに交じって、みなさまの祈禱料や賽銭で成り立っている神社の者が、割引してあるお得な神具を目を皿にして探すという図は正直いただけないが、安売りと聞いてキヨノはいてもたってもいられなくなったのだ。

「あたいの顔さえ見れば、咲耶のところで手伝いをしてるだろう。いくらもらったんだって聞くのよ。ねえ、あのばあさんをなんとかしてくんない？」

相変わらず、キヨノは咲耶を疑っていた。

「適当にあしらってくれない？　ミヤ、お願い」

「すっぽんみたいにしつこくてさ。お祭しの通り、咲耶さんは妖術ならぬ式神使いだよって、いってやりたくてうずうずしてんのよ。ばあさんが腰を抜かすところを見たら、どんだけすかっとするだろうって……」

ミヤの指からにょきっと鋭《するど》い爪が飛び出した。

三吉がすかさず、ミヤの頭をはる。

「なにすんの」

ミヤの口が耳まで真っ赤に裂《さ》け、とがった牙《きば》がぎらっと光った。

「うかつに本性さらすんじゃねえよ。ここにいられなくなるじゃないか」

「わかってるわよ、そんなこと。長年、だてに化け猫をやってんじゃないんだから。ここにいるのは妖と付喪神と咲耶さんだけだから、爪をちょこっと出しただけじゃない」

「備えあれば憂いなし。妖はしくじるわけにはいかないんだ」

「……心配ばかりしてるとはげるよ」

爪をひっこめたミヤは、げらげらと人が悪そうに笑った。

咲耶はふたりにも尋ねてみたくなった。

「ミヤと三吉はどうして人の世に住んでるの？」

「なんでって？　なんでだろ。三吉、あんたは？」

「考えたことなかったな」

ふたりは顔を見合わせて首をかしげている。

「退屈しないからかな」

「あたいもそんなとこだわ。……咲耶さんはなんでここで暮らしてんの？」

「え、私？」

ミヤは目を見開いて咲耶を見つめる。そんなことをミヤから聞かれると思わなかった。人が人の世に住む理由などないではないか。

「京に家があるのに、江戸に出てきたんでしょ。うるさい親がいたって、実家なら式神も使い放題だったのに。なんで」

京にいたら、豊菊に逆らい続けることはできない。いずれ豊菊が探し出してきた出世しそうな公家と一緒にさせられることが、目に見えていた。

けれど、誰ひとりとして知る人がいない江戸にはるばるやってきたのは、それだけが理由だったのだろうか。

親のくびきから離れて、自分で生計を立てて暮らしてみたかった。

新しい町に住み、新しいことをはじめたら、新しい自分に出会えるような気がした。

「おもしろそうだったから」

自分でも意外な言葉が咲耶の口からついて出た。

江戸に来てからの咲耶は、思いも寄らぬ事態の連続だった。

なんとかもがいて苦境を乗り切っても、よい結果になるとも限らない。うまくいかなくてがっかりしても、その先にいいことが待っていたりもする。

荒山神社に奉公したとき、口うるさいキヨノがいたのには気持ちがくじけそうになりかけたが、宗高という最高の連れ合いに恵まれたことなど、その最たるものだろう。

宗高との暮らしは楽しいが、姑のキヨノに妖術遣いの疑いをかけられ、近ごろは式神を思うがままに使うわけにもいかない。人間万事塞翁《ばんじさいおう》が馬を地で行っている。

「で、どう?」

「いろいろあるけど、おもしろいわ」

ミヤに答えながら、本当にそうだと咲耶は思った。キヨノがいるから張り合いがあるともいえるのではないか。いいこともそうでないこともあるから、よけいおもしろいのではないか。するとキヨノを避けるためにミヤに頼んで済ませることはできないと思いはじめた。

咲耶はミヤに向き直った。

「ミヤ。迷惑かけてごめんね。おかあさんにはミヤに手伝いを頼んでいませんと、はっきりいうわ。ミヤを巻きこまないで、とも頼んでみるわ」

「そりゃよかった」

ミヤがあっさりといった。

「でも、咲耶さんが妖術使いだといわれるんとちゃうか？　知らんけど」

「おいらが手伝ってることにしてもいいっすよ」

心配そうにいった金太郎と三吉に、咲耶は首を横にふった。

「私、妖術使いじゃないし。妖術なんてもの、両国広小路の見世物小屋にしかありませんよと、おかあさんにちゃんといえる」

自分のことでミヤや三吉に迷惑はかけられない。それでなくても妖は人の世で十分、気を張って生きているのだ。自分の始末は自分でつける。そうでなくては合点《がてん》がいかない。

「咲耶、いるかい。桜に日があたってきれいだよ。団子をたくさん買ってきた。桜の下で食べよう」

宗高のほがらかな声が境内から聞こえた。

咲耶はミヤと三吉に声をかける。

「一緒にいかが？」

「お邪魔じゃない？」

「みんなで食べた方がおいしいもの。……金ちゃんとぼたんちゃんには」

咲耶が口をくちゅっと動かすと、桜の花びらをのせた春風が部屋に吹きこんだ。金太郎とぼたんの間を花びらは舞うように何度も行き来する。

「ぼたんちゃんと花見や」

「桜吹雪、きれいねぇ、金ちゃん」

ミヤと三吉が下駄をつっかけ、宗高に駆け寄っていく。

「宗高さ〜ん、お団子ごちそうになります」

「みたらし団子ある？」

「あるよ。あんこも、胡麻も」

　宗高はふたりにうなずき、咲耶に微笑《ほほえ》みかけた。宗高の優しいまなざしに包まれ、咲耶の胸が熱くなる。

　薄紅色の花びらが雪片のようにゆっくり散っていく。

　あたり一面、桜色だ。

　用心して式神を使わなければならない暮らしは続きそうだが、今年のこの桜を宗高とともに見ることができたのだ。みんなで団子を食べられるのだ。

　そのくらいなんでもないと、咲耶は宗高の手をとった。

女房は式神遣い！ その3

一〇〇字書評

切り取り線

購買動機（新聞、雑誌名を記入するか、あるいは○をつけてください）

☐（　　　　　　　　　　）の広告を見て
☐（　　　　　　　　　　）の書評を見て
☐ 知人のすすめで　　☐ タイトルに惹かれて
☐ カバーが良かったから　　☐ 内容が面白そうだから
☐ 好きな作家だから　　☐ 好きな分野の本だから

・最近、最も感銘を受けた作品名をお書き下さい

・あなたのお好きな作家名をお書き下さい

・その他、ご要望がありましたらお書き下さい

住所	〒				
氏名		職業		年齢	
Eメール	※携帯には配信できません		新刊情報等のメール配信を 希望する・しない		

この本の感想を、編集部までお寄せいただけたらありがたく存じます。今後の企画の参考にさせていただきます。Eメールでも結構です。

いただいた「一〇〇字書評」は、新聞・雑誌等に紹介させていただくことがあります。その場合はお礼として特製図書カードを差し上げます。

前ページの原稿用紙に書評をお書きの上、切り取り、左記までお送り下さい。宛先の住所は不要です。

なお、ご記入いただいたお名前、ご住所等は、書評紹介の事前了解、謝礼のお届けのためだけに利用し、そのほかの目的のために利用することはありません。

〒一〇一－八七〇一
祥伝社文庫編集長　清水寿明
電話　〇三（三二六五）二〇八〇

祥伝社ホームページの「ブックレビュー」からも、書き込めます。
www.shodensha.co.jp/bookreview

祥伝社文庫

女房《にようぼう》は式神《しきがみ》遣《つか》い！ その3 踊《おど》る猫又《ねこまた》 あらやま神社《じんじや》妖《よう》異《い》録《ろく》

令和 5 年 4 月 20 日 初版第 1 刷発行

著 者 五十嵐佳子《いがらしけいこ》

発行者 辻 浩明

発行所 祥伝社《しようでんしや》

東京都千代田区神田神保町 3-3
〒 101-8701
電話 03（3265）2081（販売部）
電話 03（3265）2080（編集部）
電話 03（3265）3622（業務部）
www.shodensha.co.jp

印刷所 堀内印刷
製本所 ナショナル製本
カバーフォーマットデザイン 中原達治

Printed in Japan ©2023, Keiko Igarashi ISBN978-4-396-34880-9 C0193

祥伝社文庫の好評既刊

祥伝社文庫　今月の新刊

本城雅人
あかり野牧場

零細牧場から久々にGⅠ級の素質馬が出た。牧場主、崖っぷちの騎手、功を焦る調教師……皆の想いを乗せて希望の灯りが駆け抜ける！

内藤　了
トラップ・ハンター
憑《ひょう》依《い》作家　雨宮《あまみや》　縁《えにし》

雨宮縁の同僚と縁ファンの書店員が殺害された。遺体の顔にはスマイルマークが。怒りが頂点に達した縁は自身を餌に罠を張るが――。

五十嵐佳子
女房は式神《しきがみ》遣い！　その３　踊る猫又
あらやま神社妖異録

音楽を聴くと踊りだす奇病に罹った化け猫と、人に恋をしてしまった猫又の運命はいかに!?　笑って泣ける、珠玉のあやかし短編集！

小杉健治
罪滅ぼし
風烈廻り与力・青柳剣一郎

付け火で燃え盛る家に、赤子を救うため飛び込んだ男が。危険を顧みず行動できた理由とは？　剣一郎はある推測に苦悶する！

宇江佐真理
おぅねぇすてぃ
新装版

文明開化に沸く明治五年、幼馴染みの男女の再会が運命を変えた。時代の荒波に翻弄された切ない恋の行方は？　著者初の明治ロマンス！